W0207115

ullstein

Das Buch

Welches ist Ihre liebste Phantasie? Die Spätvorstellung im Kino, bei der alles Mögliche passieren kann, weil unter dem Rock kein Höschen den Zugang verwehrt? Oder ein gemeinsamer Besuch im Swingerclub? Mögen Sie es heiß, im Strandkorb, geschützt vor (fast) allen neugierigen Blicken? Oder genießen Sie die Vorstellung, einmal so richtig scharf gezüchtigt zu werden?

Lassen Sie sich anmachen und auf ganz neue Gedanken bringen – diese heißen Stories lassen niemanden kalt!

Die Autorin

Hinter dem Pseudonym Alexa Adore verbirgt sich eine Gruppe junger Autorinnen und Autoren.

Von Alexa Adore sind in unserem Hause bereits erschienen:

Scharf

Zungenspiele

Alexa Adore

Ich will's heiß

Erotische Stories

Ullstein

Besuchen Sie uns im Internet:
www.ullstein-taschenbuch.de

MIX
Papier aus verantwortungsvollen Quellen
FSC® C014496

Lizenzausgabe im Ullstein Taschenbuch
1. Auflage Februar 2013
© 2007 Flexible Literature Verlag www.flexible-literature.de
Die Geschichten entstammen den Erzählbänden *Das erste Mal*, *Touch Yourself*, *Women Only*, *Erotische Ortswechsel* und *Sex Toys* von Angelica Allure, erschienen im Flexible Literature Verlag.
Umschlaggestaltung: ZERO Werbeagentur, München
Titelabbildung: © Tom Marks / Corbis
Satz: LVD GmbH, Berlin
Gesetzt aus der Palatino
Papier: Pamo Super von Arctic Paper Mochenwangen GmbH
Druck und Bindearbeiten: GGP Media GmbH, Pößneck
Printed in Germany
ISBN 978-3-548-28430-9

Heiße Lust in Reihe 7

Gelangweilt lagen mein Mann und ich im Bett. Wir hatten weder Lust aufeinander noch Lust, eine Verführung zu beginnen. Wir waren faul, aber munter und starrten mit offenen Augen an die Decke. Da kam mir die Idee: »Schatz, lass uns ins Kino gehen. Spätvorstellung. Okay?«

Mein Mann blickte zur Seite, sah mich an und nickte gelangweilt. Bei diesem Blick wäre mir am liebsten wieder die Lust vergangen, aber dieses Mal wollte ich keinen Streit vom Zaun brechen.

Ich liebe meinen Mann, nur in letzter Zeit ist es etwas still geworden um den Pep im Bett. Bis vor ein paar Monaten konnten wir uns nicht genug aneinander sattsehen und miteinander vergnügen; wir trieben es lustvoll überall in der Wohnung. Dabei haben wir schon mal das halbe Mobiliar zerstört: ein Stuhl zerbrach, eine Tischplatte bekam einen Sprung, eine Vase zerschepperte, und die Waschmaschine hatte eine Delle bekommen. Wir waren wild und heiß wie junge Teens.

Heute wollte ich wieder Teen sein. Ich beobachtete meinen Mann Hannes, wie er sich in Zeitlupentempo anzog. Seine Bewegungen waren anmutig schön, männlich, geschwungen. Seine Adern an den Unterarmen waren sehr ausgeprägt, was mich immer schon ziemlich antörnte.

Als ich mich im Bad erfrischte und mich ein wenig überpuderte, kam in mir eine aufregende Hitze hoch. Ich schlüpfte in mein Kleid und ließ bewusst den Schlüpfer weg. Ich liebe es, meinen Mann spontan zu überraschen, indem ich ohne Slip herumlaufe. Im Restaurant, im Kino, im Auto. Die wildesten Sachen habe ich mit ihm erlebt, weil wir so spontan sein konnten, ohne dass ein Stückchen Stoff uns davon abhalten konnte.

Eine halbe Stunde später hatten wir den Fußmarsch zum Kino angetreten. Noch immer tappte mein Mann lustlos und schweigend neben mir. Bis ich fragte: »Rate, was ich heute drunter trage!« – Mein Mann blieb stehen, und seine Augen bekamen ein Leuchten. »Nichts als Haut und Schamhaar?« Ich strich mit der Zunge über meine Lippen und nickte, so lasziv ich konnte. Dann hakte ich mich bei meinem Mann wieder ein und zog ihn weiter. Auf dem ganzen Weg zum Kino hatte er mir meine Pobacken massiert. Wenn er mein Kleid hochziehen wollte, kreischte ich und wehrte mich – eben wie ein alberner Teenie.

Vor der Kinokasse war wie üblich eine lange Samstagabend-Schlange. In einer Großstadt ist es selbst bei einer Spätvorstellung nicht leerer.

Wir hatten die letzten zwei Plätze in Reihe sieben ergattert. Ziemlich weit vorn, aber immerhin war es

Hannes' Glückszahl. Bis zum Filmstart hielten wir Händchen, und so langsam tauten wir auf. Ich hatte meine Handtasche auf seinen Schoß gelegt und darunter Hannes Eier leicht geknetet. Hannes ließ es sich gefallen. Ihm war schon als Teenager nichts peinlich. Das hatte ich ja so geliebt an ihm. Er war kein Angsthase, ihm waren Meinungen und Sprüche anderer Leute stets egal. Er konnte seine Lust ausleben, wo auch immer er sich gerade befand.

Als der Film begann, war ich in Gedanken bei Hannes' hartem Pfosten. Ich konnte genau fühlen, wie sehr er sich unter seiner engen Anzughose quälte und den Stoff zum Ausbeulen brachte. Hannes starrte zur Leinwand. Wir hielten wieder Händchen. Aber es war kein stilles Händchenhalten. Es war mehr ein »Handfläche-an-Handfläche-Reiben«, so lange, bis diese zu glühen begannen. Ich hatte das Gefühl, unsere Hände vermischten miteinander zu einer hitzigen Kralle. Unsere Finger verketten sich ineinander, und die Reibung war purer Sex. Ich schaute meinen Mann von der Seite an, er lächelte. Ich war mir so sicher, dass er den Film, den er sich gerade ansah, gar nicht wirklich anschaute.

Ich löste meine Hand und griff wieder unter die Handtasche. In diesem Moment ging ein lautes Lachen durch den Kinosaal – nur Hannes und ich blieben hochkonzentriert auf unsere eigene Szene. Die war nicht komisch, die war pure Leidenschaft. Pures Verlangen, wilde Gier. – Noch vor über einer Stunde hatten wir gelangweilt die Schlafzimmerdecke angestarrt, und jetzt erflammte neue Lust in uns. Wir brauchten wohl einen Szenenwechsel, andere vier Wände.

Nach ein paar Minuten wandte sich Hannes mir zu und flüsterte: »Ich will dich hier lieben. Nach dem Film will ich dich, Liebste!«

Das fand ich scharf. Ich versuchte, mich auf den Film zu konzentrieren, doch ich hatte den Einstieg längst verpasst. Mein Schritt kitzelte. Er war feucht, und mein Schamhaar rieb an meinem Kleiderstoff. In Gedanken sah ich meinen Mann, wie er gleich vor mir kniete, direkt vor meinem reifen Pfirsich, als starre er durch ein Schlüsselloch. Wie gern hätte ich in diesem Augenblick masturbiert, hier im Kinosaal.

Neben mir saß ein junger Mann und hielt ebenfalls Händchen mit seiner Freundin; aber eben um einiges harmloser als wir beide.

Ich griff nach der Handtasche auf Hannes Schritt und legte sie auf meinen. Heimlich schielte ich nach links, ob die Gelegenheit passend sei, meiner Lust nun nachzugeben.

Ich war stets eine Frau, die sehr laut stöhnte beim Sex, aber es genauso gelernt hatte, sich in prekären Situationen zusammenreißen zu können.

Der Film lief sicherlich noch mindestens eine weitere halbe Stunde. Mein süßer Samenspender neben mir starrte auf den Film, rückte nebenbei kurz seine Eier zurecht, als ich die Handtasche wegzog, und lächelte vor sich hin.

Und dann fühlte ich meine pochende Scham durch

mein dünnes Kleid. Ich versuchte, mich so wenig wie möglich zu bewegen, denn ich fühlte schon bei der ersten Berührung meines kleines Lustknöpfchens, dass ich nicht lange brauchen würde, um einen Höhepunkt zu bekommen. Die Unlust der letzten Wochen schien wie weggefegt, das Eis war aufgetaut. In leichten, kreisenden Bewegungen massierte ich meinen Kitzler. Ich schlug die Beine übereinander und genoss die Enge und die Feuchtigkeit zwischen meinen heißen Schenkeln. Ich spürte, wie ich anschwoll. Nur ein paar Minuten später suchte mein Mann nach meiner rechten Hand, die sich an meiner Handtasche festhielt. Hannes Hand wanderte weiter und begegnete meiner unter der Tasche. Ich hielt Hannes Mittelfinger und führte ihn zu meiner feuchten Muschel. Dann dirigierte ich seine Bewegungen. Ich sah, dass Hannes ebenfalls seine Beine übereinanderschlug, wohl, um seinen steifen Phallus zu verbergen. Mir gefiel der Gedanke, dass mein Mann gleich in Reihe 7 über mich herfallen würde.

Als der Abspann endlich lief, konnte ich mich kaum noch zurückhalten. Ich verfluchte heimlich die Kinobesucher, die den ganzen uninteressanten Schriftkram auch noch genießen wollten. Nur ganz allmählich leerte sich der Saal. Dann waren wir allein. Der Vorhang schob sich automatisch zu. Das Licht ging an. Hannes fiel vor mir auf die Knie und schob mir das Kleid hoch. Seine Zunge drang ohne Anlaufzeit in meine elektrisierte Steckdose und leckte dann schnell kreisend meinen Lustknoten. Ich hatte meine Beine über die zwei Sitzplätze schräg vor mir geworfen und zog meine Bauchdecke hoch. Das tat ich immer, wenn wir Oralverkehr hatten, das turnte mich an und machte mich extrem geil. Hannes leckte mal abwechselnd schnell und langsam, drang tief in meinen Schlund, zog seinen nassen Lappen wieder heraus und biss mir leicht in die Innenseite meiner Oberschenkel. Als Hannes an mein schwarzes Loch kam, drehte ich durch. Mein Schließmuskel wurde unruhig, und ich spannte wieder und wieder an und ließ locker. Mein Mann wurde zu einem großartigen Schleckermaul. Ich fing an zu stöhnen und biss mir geistesgegenwärtig auf den rechten Handballen. Ich konnte bis drei zählen, dann überraschte mich eine Lustwelle, deren Ausdruck ein gellender Schrei war. Und dann schrie jemand in den Saal: »Wir sind kein Sexkino. Verlassen Sie bitte umgehend den Saal.« Kein Problem. Wir hatten bekommen, was wir wollten. Während mein Mann aus der Hündchenstellung in die Gerade kam, wartete ich noch ab, bis mein Beckenmuskel sich beruhigt hatte. Ich stand auf und umarmte meinen Schatz. An diesem Abend hatten wir unsere Lust neu entdeckt.

Als wir später wieder im Bett lagen, war uns klar, dass wir es fortan öfters an öffentlichen Plätzen treiben würden.

Tage am Meer

Das Schiff steuerte den Hafen der Nordseeinsel an, als Sophie an die Brüstung gelehnt auf das weite Meer schaute. Sie hatte endlich Urlaub. Seit Wochen freute sie sich auf ein paar Tage am Meer. Immer wenn es in ihrem Job als Apothekenhelferin besonders stressig zuging und sie genug Überstunden zusammenhatte, buchte sich Sophie ein Zimmer auf der Nordseeinsel.

Das Wasser schimmerte in der Vormittagssonne, und es schien sich endlos in den Horizont zu ergießen. Die Sonne spiegelte sich auf der Meeresoberfläche und strahlte hart zurück in Sophies Augen. Sie musste sie ziemlich fest zusammenkneifen, um nicht zu stark geblendet zu werden, wollte sie doch jeden Augenblick genießen.

Obwohl es erst Mai war, brannte die Sonne heiß auf ihrer Haut und leckte den Schweiß aus ihren Poren. Sie zog den intensiven, salzigen Geruch des Meeres tief ein und spürte, wie ihr ein lauer Wind durch das Haar strich und es zerzauste. Wie hatte sie sich nach diesem Gefühl gesehnt.

Sie freute sich auf lange Spaziergänge am Strand,

bei denen sie all ihre Gedanken loslassen konnte. Und wenn das Meer besonders wild war und mit lautem Getöse an den Strand spülte und sich die Wellen mächtig in den großen Brechern teilten, hatte Sophie das Gefühl, die ganze Macht und Energie des Wassers würde *über* sie und *durch* sie strömen und sie mit neuer Kraft versorgen.

Als das Boot anlegte, ging sie ihr Gepäck holen und machte sich auf den Weg zu ihrer Unterkunft. Eine Woche lang würde sie einfach ihre Seele baumeln lassen und nur genießen.

Sophie hatte extra den frühesten Zug genommen, damit sie noch möglichst viel von diesem Tag haben konnte. In ihrer Pension angekommen, stellte sie nur rasch die Koffer in ihr Zimmer, machte sich in dem kleinen Bad kurz frisch und lieh sich von der netten Familie, der die Pension gehörte, ein Fahrrad. Sophie liebte es, durch die Dünen zu fahren; sie hatte bereits ihre Lieblingsroute, die sie eigentlich jedes Mal gleich am ersten Tag fuhr, sobald sie auf der Insel war. Der Weg ging erst kurz durch das kleine Zentrum, dann am Hafen entlang und durch die Dünen zum Leuchtturm der Insel.

Sophie fuhr gleich los.

Den Weg auf dem Deich entlang liebte sie besonders. Wenn sie nach rechts blickte, konnte sie ihren Blick weit über das Meer schweifen lassen, nach links konnte sie sehen, wie sich die Sonne im Schilf brach und sich in den Rinnsalen spiegelte. Es war die absolute Idylle.

Wie so oft, war es aber auf dem Deich auch besonders windig. Sophie musste sich mächtig ins Zeug legen, um überhaupt voranzukommen. Sie trat kräftig in ihre Pedale, denn das Fahrrad war recht groß, und sie musste ihre Beine immer lang ausstrecken, um auf den Pedalen zu bleiben. Dabei rutschte sie auch stets leicht auf ihrem Sattel hin und her.

Hm, … das war ihr noch nie so wirklich aufgefallen, aber es fühlte sich gut an. Sophie hatte einen kurzen Rock an, und sie spürte den Sattel ziemlich direkt zwischen ihren Beinen. Mit jedem Tritt schob sich der Sattel über ihre Schamlippen, mit jedem Tritt spürte sie ihn intensiver.

Was war da los? Sophie merkte, wie sehr sie das Ganze erregte. Ihre Lust steigerte sich mit jedem zurückgelegten Meter, als sie den Dünenweg erreichte. Sie war wahnsinnig erregt und erinnerte sich plötzlich daran, dass sie sich im letzten Herbst in den Dünen, nicht weit von hier, ungestört zurückgezogen hatte, um sich in aller Ruhe und ohne die Hektik, die am Strand herrschte, zu sonnen.

Sie hatte plötzlich unglaubliche Lust, noch einmal dorthin zu fahren. Sie wusste, sie war da völlig ungestört …

Sophie fand die Stelle schnell. Sie stieg vom Rad, schob es ein Stück den Sandhügel hinauf und spürte bei jedem Schritt, wie feucht sie war.

Ihr Rad stellte sie an der Seite im Sand ab, dann setzte sie sich ins Gras und lehnte sich zurück. Sie blickte in den Himmel und seufzte tief. Oh ja …

Sie wusste, sie war allein.

Langsam schob sie ihre Hand unter den Rock und fuhr in ihren Slip. Schon diese kurze Berührung ihrer Schamlippen jagte Sophie ein Zucken durch den Körper, so dass sie sich stöhnend aufbäumte. Sie konnte es nicht erwarten, ihre Finger in ihren nassen Spalt zu stecken. Sophie fingerte sich einige Zeit, um dann mit ihrem tropfnassen Mittelfinger ihren Hotspot zu massieren. Sie liebte es, mit schnellen Bewegungen ihre Erregung ins Unermessliche zu steigern.

Stöhnend lag sie da, dann schob sie zwei Finger tief in ihr Loch. Sophie machte es sich so heftig, dass sie dachte, von einem großen steifen Schwanz gefickt zu werden.

Sie konnte nicht anders und gab sich völlig ihren Phantasien hin. Sophie liebte es, sich vorzustellen, dass sie jemand dabei beobachtete, wie sie es sich besorgte:

Ein Spaziergänger kommt vorbei, vielleicht, um sich zu erleichtern. Er entdeckt sie, mit der Hand ganz in ihrer Höhle, gerade dabei, es sich heftig zu machen. Überrascht bleibt er in einigem Abstand stehen und schaut ihr direkt zwischen die Beine. Auf seinem Gesicht macht sich die pure Geilheit breit, und aus seinem leicht geöffneten Mund läuft ihm vor Fickrigkeit fast der Speichel. Sie kann deutlich sehen, dass sein Schwanz anschwillt und er ihn aus der Hose holt. Er fängt an zu wichsen, ohne dabei den Blick von ihrer Spalte zu nehmen.

Es geht mächtig schnell, und er spritzt mit einem

kurzen gepressten Aufstöhnen weit ab; und selbst ungläubig darüber, was er gerade getan hat, packt er seinen Schlauch schnell ein, wendet den Blick zum Boden und geht. Zurück auf dem Dünenweg, nimmt ihn seine Frau zärtlich in die Arme und gibt ihm einen Kuss.

All das dachte Sophie gerade, während ihr Mittelfinger den jetzt noch größer gewordenen Kitzler besuchte. Sie mochte es besonders, sich mit schnellen, trommelnden Bewegungen wild hochzuschaukeln.

Dann konnte sie nicht mehr an sich halten. Das Gefühl, wenn sich pulsierend ihr Orgasmus ankündigte, machte sie verrückt. Es war für einen Moment wie Himmel und Hölle, alles würde sie dafür geben, und wenn sie danach sterben müsste. Sie spürte, wie ihre Beine und ihre Arme heiß wurden, es schien, als würde diese Hitzewelle von außen tief in ihren Körper eindringen und sich im Zentrum ihrer Lust versammeln. Dann war es, als würde sich ihre Muschi wie unter einem Vakuum zusammenziehen, um sich dann in einem wahnsinnigen Schwall wabernd und zuckend aufzulösen.

Ihre Muschi zuckte noch, als sie die Hand an ihrem Rock abwischte. Befriedigt blieb sie noch liegen und schaute in den grellen Himmel.

Ausgeschlafen stand Sophie am nächsten Morgen auf. Die Sonne schien, und es war ein besonders heißer Tag. In Vorfreude darauf, ihre nackten Brüste der Sonne entgegenzustrecken und es sich in einem

Strandkorb so richtig bequem zu machen, packte Sophie ihre Tasche und machte sich auf den Weg zum Strand.

Sie fand einen Strandkorb am oberen Rand des Sandes nahe bei den Dünen. Zwar waren auch noch andere Leute in der Nähe, aber das störte Sophie nicht. Sie drehte den Korb zu den Dünen, der Sonne entgegen; so konnte sie zwar nicht auf das Wasser sehen, war aber besser vor den Blicken der anderen geschützt.

Sophie zog Rock und T-Shirt aus und schlüpfte in ihre Bikini-Hose. Sie setzte sich in den Strandkorb, schloss die Augen und reckte ihr Gesicht in die hellen Sonnenstrahlen. Ein leichter, zarter Wind kroch zu ihr. Er zog über ihre nackten Brüste, so dass sich ihre Brustwarzen zusammenzogen und sich steif aufstellten. Ihre Nippel wurden fester und hoben sich leicht. Wieder leckte die Sonne den Schweiß aus ihren Poren, und ein Schauer purer Geilheit jagte durch ihren Körper. Sophie verstand sich selbst kaum, aber sie hatte schon wieder wahnsinnige Lust, es sich zu besorgen. Sie war so erregt, dass sie ihre Bikinihose auszog und die Beine spreizte. Sie wusste, dass in nicht allzu großer Entfernung Eltern mit ihren Kindern im Sand spielten, aber das machte sie nur noch heißer. Allein das Gefühl, mit gespreizten Beinen nackt in einem Strandkorb zu sitzen, ließ Sophie feucht werden. Mit zittrigen Fingern fuhr sie sich zwischen die Schamlippen. Sie war so nass! Sie spürte, dass ihr die Geilheit, ja dass ihr ganzer Saft am Schenkel runterlief.

Sie stöhnte auf, als sie ihren Finger tief in sich eintauchte und dann ihren Kitzler umspielte …

In diesem Moment landete im Sand neben ihrem Strandkorb ein Frisbee. Ein Mann tauchte plötzlich auf und blieb abrupt stehen, als er Sophie entdeckte.

Er sah sie mit großen Augen an. Sie konnte die Überraschung in seinem Gesicht nicht deuten. Sie hielt kurz inne, ohne ihre Hand aus ihren Schritt zu nehmen. Was würde er tun; empört weggehen? lachen? Oder …?! Ihre Blicke trafen sich. Dieser Blick sagte alles. Sie waren in absoluter Stille völlig einig, dass wusste Sophie sofort.

Der Mann rief seinem Frisbeepartner kurz zu, er käme gleich, er hätte eine Bekannte getroffen; dieses leichte Zittern in seiner Stimme war vielleicht nicht über die Entfernung wahrnehmbar, Sophie konnte es jedoch deutlich hören. Für sie war damit alles klar.

Er stellte sich vor sie und schaute sie an, dabei wanderte sein Blick zwischen ihren Augen und ihrer Muschi hin und her. Sein Atem wurde schwerer, das konnte sie hören, und sie glaubte, die Luft finge an zu klirren, so sehr zitterte sie vor Erregung.

Seine Hose war genau in ihrer Augenhöhe, und Sophie konnte sehen, dass sein Schwanz mächtig groß geworden war. Steil ragte er nach vorne, so dass sich die Hose stark ausbeulte. Sie starrte auf seinen prallen Penis und spürte dabei unter ihren Fingern, wie sie noch nasser wurde. Sophie konnte es selbst nicht glauben. Ihr Saft lief an ihren gespreizten Beinen herunter und bildete auf dem Sitz des Strandkorbes eine

Lache purer Lust. Ihr Herz hämmerte mächtig gegen ihre Brust. Sie konnte den Blick kaum vom Schwanz des Mannes abwenden.

Sie standen sich eine Zeitlang gegenüber und suhlten, ja aalten sich in dieser vibrierenden Luft.

Der Mann senkte seinen Blick und schaute ihr direkt in ihre Höhle, so wie sie es sich immer gewünscht hatte. Er sah, wie nass sie war, ihr Loch glänzte in der Sonne. Er stöhnte tief auf.

Während Sophie ihm fest in die Augen sah, schob sie ihre Finger noch tiefer in sich hinein. Sie stöhnte leise auf, als sie anfing, es sich immer schneller zu besorgen. Sie wandte den Blick nicht von seinem Gesicht und konnte aus den Augenwinkeln sehen, wie er in seine Hose griff und seinen Schwanz herausholte. Sie hatte sich durch die Hose nicht getäuscht, denn er hatte ein wahnsinniges Rohr. Es war ein riesiger, steifer, harter Schwanz. Er hielt ihn in der Hand und wichste. An seiner Handbewegung konnte sie sehen, dass er darin sehr geübt war. Ein Stöhnen presste sich aus ihrem verschlossenen Mund. Sie liebte Männer, die ihre Geilheit auslebten.

Während er sich einen rieb, hörte Sophie nicht auf, sich zu fingern. Und als sie kurz ihre Kirsche umspielte, spürte sie, wie die Hitzewallungen ihre Explosion ankündigten. Sie schaute ihm direkt in die Augen, als sich ihre Lusthöhle so stark zusammenzog, wie sie es noch nie erlebte hatte. In einem gewaltigen Zucken entlud sich ihre gesamte sexuelle Spannung.

Als er sah, dass sie heftig kam, konnte auch er sich nicht mehr zurückhalten. Er brauchte seinen Schwanz gar nicht weiter zu bearbeiten, mit verdrehten Augen und einem gepresstem Stöhnen spritzte, er von ganz alleine ab. Sein ganzes Sperma schleuderte aus seinem Penis und landete vor ihr als dicke, sämige Masse im Sand.

Während sich ihr Atem beruhigte, blieb er nur noch kurz vor ihr stehen, dann packte er sein bestes Stück wieder ein, sah sie an, lächelte und ging.

Im Waschsalon

Mein Freund Dominik und ich sind jetzt schon seit zwei Jahren ein Paar. Vor ein paar Monaten hatten wir einen kleinen Durchhänger in unserer Beziehung, irgendwie wurde es langweilig im Bett. Die anfängliche Begeisterung und das Erforschen des anderen war verweht … man könnte sagen, die Luft war raus.

Wir merkten es beide und redeten ganz offen darüber. Plötzlich kam Dominik auf die Idee, dass wir, um neuen Schwung in unsere Beziehung zu bekommen, uns abwechselnd etwas Außergewöhnliches überlegen und vorbereiten, um mit dieser Phantasie einander zu überraschen. Ohne Zwang und Verpflichtung, ganz nach Lust und Laune. Ich fand diesen Vorschlag interessant, und so fing alles an.

Dominik war als Erster dran und ließ für uns eine Badewanne mit sprudelten Badekugeln und frischen roten Rosenblüten ein, verteilte im Badezimmer ganz viele Kerzen und machte romantische Musik an. Nachdem er mich erfolgreich ins Badezimmer gelockt hatte, reichte er mir ein Gläschen Champagner zum Einstimmen. Das war ein toller und äußerst entspannter Abend. Unsere Haut war nach dem ausgiebigen Bad ziemlich aufgeweicht, und das gegenseitige Eincremen auf dem Bett tat dadurch in vielerlei Hinsicht sehr gut.

Nachdem ich Dominik nun über eine Woche nicht gesehen hatte, wollte ich für den heutigen Abend unbedingt etwas ganz Besonderes vorbereiten. Dominik wollte um 19.00 Uhr bei mir sein. So beschloss ich, heute Abend was Feines für uns zu kochen, und zog mich schick an … Meine rote, tief dekolletierte Bluse, einen schwarzen Minirock, eine feinmaschige Netzstrumpfhose, und natürlich durften dann die neuen Pumps nicht fehlen … Ich schminkte mich etwas mehr als sonst und lackierte mir die Fingernägel im Farbton der Bluse.

Als das 3-Gänge-Menü fertig und mein Esstisch schön dekoriert war, klingelte Dominik auch schon an der Tür. Er war von meinem Outfit und von dem Essen bezaubert. Er dachte, das wäre die Überraschung schon gewesen, doch dann schaute ich verzweifelt und sagte Dominik, wir müssten noch mal schnell weg, da ich unbedingt noch Wäsche waschen gehen muss, solange der Waschsalon um die Ecke geöffnet ist.

Ich schnappte meinen Wäschekorb. Der Nachtisch, die frischen, in Schokolade getauchten Erdbeeren, war bereits verpackt und darin versteckt. Ich verließ mit ihm Hand in Hand meine kleine Singlewohnung.

Im Waschsalon angekommen, liefen wir den langen Gang durch, bis zu der letzten Maschine. Es war mittlerweile schon nach 21.00 Uhr. Um diese Uhrzeit war außer uns beiden zum Glück keiner mehr hier. Ich füllte also schnell die leere Waschmaschine und stellte die leckere Überraschung auf der benachbarten Waschmaschine ab. Dann zog ich auch mein Röckchen langsam runter. Dominik schaute mich erst ganz verdutzt an, bis er begriff, was hier vor sich ging. Dann half er mir dabei.

Als ich so gut wie splitternackt war, küssten wir uns lange und innig. Dann war ich ihm beim Ausziehen seiner überflüssigen Kleidungsstücke behilflich. Dominik hob mich hoch und setzte mich vorsichtig auf der Waschmaschine ab. Ich hatte erst ein ganz schön komisches Gefühl … so ganz nackt nur mit BH und offener Bluse in einem kahlen Waschsalon auf einer Waschmaschine zu sitzen. Ich fragte mich, was wohl wäre, wenn jetzt jemand reinkommen würde … diese Gedanken waren mir fremd, aber sie erregten mich unheimlich! Ich spürte schon, dass ich zwischen den Beinen schnell feucht wurde. Auch Dominik war sehr erregt und freute sich auf das, was vor uns lag.

Ich zog meinen Liebsten an mich heran und machte meine Beine breit. Langsam kamen wir einander näher. Die gleichmäßigen, vibrierenden Bewegungen der Maschine unter und Dominik in mir waren eine wirklich scharfe Kombination. Die Maschine brummte wie ein Vibrator unter mir und dazu noch seine rhythmischen und zärtlichen Bewegungen!

Ich hatte meine Beine um ihn geschlungen, so dass ich ihn immer wieder mit Druck an mich heranziehen konnte und das Tempo unseres Liebesakts mitbestimmte. Da die Maschine sich auch schnell erhitzte, war es eine angenehme Wärme, die nach oben zu uns hochstrahlte.

Ich merkte, dass es auch das erste Mal für ihn auf einer Waschmaschine war und ihn die Situation sehr anturnte.

Während unseres extravaganten Liebesspiels fütterten wir uns gegenseitig mit Erdbeeren, sie waren zuckersüß. Noch süßer waren nur die Lippen von Dominik, die sich mit meinen während des Liebesakts immer wieder trafen. Wir fühlten, wie sich eine ekstatische Hitze immer mehr in unseren Körpern sammelte und eine Explosion unserer Gefühle bevorstand. Unser Rhythmus beschleunigte sich immer mehr, und unsere Haut prallte immer wieder intensiv aufeinander. Die Waschmaschine schien fast zu spüren, was passierte, und schaltete auf Schleudergang um. Dann, in dem Moment, in dem der Schleudergang beendet war, kamen wir beide gleichzeitig zum Orgasmus.

Nachdem wir beide unseren Höhepunkt erlebt hatten und die Aufregung langsam schwand, setzten wir uns gutgelaunt im Schneidersitz vor die Trommel unserer Waschmaschine und aßen genüsslich den Rest unseres Abendessens auf.

Wir lachten und knuddelten einander und freuten uns über das besondere Erlebnis. Dieser Waschgang war vermutlich der schönste und (so scheint es mir heute noch) der schnellste aller Zeiten. Dann räumten wir die nasse Wäsche wieder in den Korb und machten uns auf den Heimweg. Zu Hause angekommen, gingen wir dann zur zweiten Runde des Abends über.

Sommer im Büro

Julia hatte keine Lust mehr zu arbeiten. Draußen waren es 33 Grad im Schatten, und hier drinnen im Büro herrschten ebenfalls trotz der surrenden Klimaanlage tropische Temperaturen. Missmutig starrte sie nach draußen. Was könnte sie jetzt so wunderbar am Badesee liegen und in der Sonne braten. Das Wasser würde Abkühlung bieten, und ein Eis würde sie sich auch gönnen. Aber nein – die Kalkulation musste heute noch raus!

Ihre Kollegin Anja, mit der sie ihr Büro teilte, war genauso lustlos wie Julia. Schon seit geraumer Zeit war sie in ein privates Telefongespräch mit einer Freundin vertieft. Das gab Julia die Gelegenheit, Anja einigermaßen unauffällig zu mustern. Sie sah heute wieder zum Anbeißen aus. Sie trug einen gelben Minirock und ein enges weißes Shirt, unter dem sich ihre Apfelbrüste abzeichneten. Wieder wurde Julia bewusst, wie sexy sie ihre Kollegin doch fand. Schon oft hatte sie davon phantasiert, sie zu verführen. Doch Anja stand im Gegensatz zu Julia nicht auf Frauen. Sie flirtete zwar ganz gerne mit Julia und genoss ihre Aufmerksamkeiten, aber beiden war klar, dass es nur bei einem harmlosen kleinen Flirt bleiben würde.

Julia seufzte. Das Schlimme war, dass der Sommer und die Hitze sie immer so geil werden ließen. Seit ein paar Wochen war sie Single und regelrecht ausgehungert nach einer Frau. Zu dumm, dass Anja sich nicht erweichen ließ! Aber warum sollte sie keinen neuen Versuch starten, fragte sich Julia plötzlich aufgeregt. Sie hatte eine Idee! Mit beschäftigter Miene kramte sie in den Papierstapeln auf ihrem Schreibtisch herum, bis ein Dokument unter den Schreibtisch segelte. Julia ließ sich auf alle viere nieder und kroch unter den Tisch, um das Schriftstück wieder aufzusammeln. Jedenfalls sollte Anja das glauben. Aber die war ohnehin noch in ihr Telefongespräch vertieft. Unter dem Tisch betrachtete Julia ehrfürchtig das Bild, das sich ihr bot. Anjas wunderschöne, schlanke Beine, die aus dem engen gelben Minirock geradezu herausflossen, ließen ihr den Atem stocken. Ihre schwarzen Riemchensandalen hatte Anja abgestreift, und sie wackelte lustig mit den Zehen, während sie immer noch telefonierte.

Julia kroch noch ein Stück weiter, um das Blatt Papier aufzuheben. Dabei kam sie so dicht an Anjas Beine heran, dass sie sich einfach nicht zurückhalten konnte. Die Versuchung war zu groß. Sachte blies Julia einen sanften Gruß ihres Atems über Anjas Unterschenkel. Anjas Beine zuckten erschrocken zur Seite, ihr Gespräch stockte. Doch sie hatte sich schnell wieder gefangen und streckte ihre schlanken Fesseln in

Julias Richtung. Es war wie eine Einladung. Julia kniete sich hin, voller Demut vor Anjas weicher Haut, und küsste sanft ihre Knöchel. Langsam umrundete sie mit ihrer feuchten Zungenspitze beide Knöchel. Sie sah, dass eine Gänsehaut Anjas Beine hinaufwanderte. Julias Herz klopfte vor Aufregung wild in ihrer Brust. Sollte sie weitermachen? Oder lieber aufhören?

Sie kauerte unter dem Tisch und lauschte auf Anjas Stimme. Sie schien sich nicht mehr auf ihre Gesprächspartnerin konzentrieren zu können. Julia nahm all ihren Mut zusammen und berührte vorsichtig die Innenseiten von Anjas Unterschenkeln. Sanft strich sie mit den Fingerspitzen darüber, immer wieder. Bis sie schließlich ihre Lippen auf Anjas Beine presste, sie bis hinauf zu den Knien küsste, ganz ohne Eile. Kuss für Kuss hinauf in die Verheißung, von der Julia sich nicht sicher war, ob sie darauf wirklich hoffen konnte.

Doch Anja öffnete mit jeder Berührung von Julias Lippen ihre Schenkel etwas weiter. Julia erregte dieses kleine, zärtliche Spiel sehr, und als sie dann auch noch erkannte, dass Anja unter ihrem Minirock kein Höschen trug, musste sie gewaltsam ein erregtes Aufstöhnen unterdrücken.

Julia konnte ihre aufwallenden Gefühle nun nicht mehr im Zaum halten, ihre Küsse auf Anjas Knie wurden immer stürmischer, während Anja ihre Beine weiter und weiter spreizte und sich für Julia regelrecht zu öffnen schienen.

War das eine Einladung, fragte sich Julia gerade,

als Anja ihr Telefonat beendete. Julia hielt inne und lauschte gespannt. Würde Anja etwas zu ihr sagen? Sie für verrückt erklären? Anja raschelte auf dem Schreibtisch herum, und dann hörte Julia ungläubig das leise Klackern der Computertastatur. Doch gleichzeitig schob Anja ihren Unterleib auf dem Stuhl vor. Julia dämmerte, dass wohl Anja so tun wollte, als sei da gar nichts, als würde all das gar nicht geschehen. Nun, das konnte sie haben. Julia wollte nur, dass es irgendwie weiterging!

Behutsam leckte sie nun die Innenseiten von Anjas Oberschenkeln bis zum Saum ihres Minirockes. Da kam ihr Anjas Hand zu Hilfe, die den Rock nach oben schob und ihre kurzgeschorene Scham präsentierte.

Als Julia Anjas wunderbaren Duft wahrnahm, konnte sie endgültig nicht mehr klar denken. Sie warf alle Skrupel über Bord und küsste ihr blondes Dreieck. Julias Zunge glitt sanft zwischen die weichen, saftigen Lippen, kostete entzückt den süßen Honig, der aus ihnen hervorquoll. Julia presste ihren Mund auf Anjas Scham, ließ ihre Zunge tief in den feuchten Spalt gleiten, um sie dann voller Wonne über die harte, geschwollene Lustperle rotieren zu lassen. Julia war selbst so erregt, dass sie spürte, wie ihr der eigene Saft in den Slip tropfte.

Sie konnte nicht anders. Während sie Anjas Lust aufsaugte, musste sie sich selbst Erleichterung verschaffen. Im gleichen Rhythmus, in dem sie Anja liebkoste, rieb Julia ihre geschwollene Klitoris mit den Fingern. Nur am Rande nahm sie wahr, wie Anjas

Atem immer schneller ging und sich ihre Schenkel unter Julias geschäftiger Zunge anspannten. Als die Wellen zu spüren waren, die durch Anjas Körper brandeten und sie zittern und unterdrückt stöhnen ließen, gab auch sie sich ihrer Erregung vollkommen hin und hob ab.

Irgendwann hatten die beiden Kolleginnen sich wieder unter Kontrolle, Julia kroch langsam unter dem Tisch hervor und setzte sich auf ihren Bürostuhl. Ihr Kopf war hochrot, und sie wagte kaum, Anja anzusehen. Doch die grinste frech zu ihr herüber und fragte gutgelaunt: »Na, hast du endlich gefunden, was du gesucht hast?«

Julia nickte verlegen lächelnd und wedelte matt mit dem Papier, das sie vom Boden aufgehoben hatte.

Eine argentinische Nacht

Sie hatte bereits die ersten Tage in ihrer neuen Unterkunft hinter sich, und doch konnte sie sich immer noch nicht an die unglaublich schwüle Hitze in Argentinien gewöhnen. Lena war für einige Wochen in das südamerikanische Land gereist, um Spanisch zu lernen. Den Abend zuvor hatte sie einen netten jungen Mann in einer Bar kennengelernt, der versprochen hatte, sie am nächsten Abend mit ein paar Freunden zum Tango mitzunehmen.

Lena hatte den ganzen Nachmittag damit verbracht, die passenden Klamotten für den Abend zu finden, doch sie konnte sich einfach nicht entscheiden. Schließlich wollte sie nicht zu aufreizend wirken und vielleicht zu eindeutige Signale senden. Denn der Typ von gestern hatte ihr gefallen. Sein Name war Mauricio, und er hatte wunderschöne blaue Augen, was in Kombination mit seiner recht dunklen Haut einfach umwerfend aussah. Sie entschied sich schließlich für ein kleines schwarzes Kleid und steckte sich ihre blonden Haare locker zusammen.

Gegen zehn Uhr kam Mauricio, um sie abzuholen, und als sie sah, dass er tatsächlich aus dem Auto stieg, wurde ihr schon etwas anders. Sie fuhren in eine kleine Bar am Rande der Altstadt und trafen dort auf Mauricios Freunde. Es wurde gelacht, getrunken und natürlich getanzt. Tango war ein sehr sinnlicher Tanz, und obwohl Lena keine Vorkenntnisse hatte, schaffte Mauricio es, ihr durch eine starke Führung und viel Einfühlungsvermögen ein erstes Gefühl für den Tanz zu geben. Er war ihr ganz nah und hielt seine Hand fest um ihren Körper geschlungen. Lena konnte seinen heißen Atem spüren und roch sein Parfüm, das sie ein wenig benebelte. Nach einer Weile ließ sie sich einfach in seine Arme fallen und übergab sich vollkommen dem Rhythmus, den er vorgab. Im Spiel der Musik glitten ihre Hände über seinen Rücken, und sie konnte sich kaum noch auf die Schrittfolge konzentrieren. Seine großen Hände strichen über ihren Po, und sie fühlte ein unglaubliches Verlangen, ihn zu spüren.

Als sie eine kurze Pause einlegten, ging sie auf Toilette. Sie war kaum in der Kabine verschwunden, da hörte sie schon die Toilettentür aufgehen. Eine dunkle Männerstimme befahl ihr, sich auf den Boden der Kabine zu setzen. Es war Mauricio. Unter der Kabinentür war ein recht breiter Spalt, durch den man von außen hereinsehen konnte. Sie wusste nicht, wie sie sich verhalten sollte, doch kam sie seiner Aufforderung nach. »Zieh dein Höschen aus und fass dich an!« bat er sie, und sie tat es. Mit kreisenden Bewegungen stimulierte sie ihre Klitoris. Lena war unglaublich nervös und hatte Angst, jemand könnte in diesem Moment in die Toilette kommen. Doch sie empfand auch eine unglaubliche Erregung und war völlig unfähig, sich gegen seine Machtstellung zu wehren. »Ich will hören, wie du kommst, Lena.« Mauricios Stimme benebelte ihre Sinne, und sie hätte alles getan, was er von ihr verlangte. Schneller bewegten sich ihre Finger über ihre feuchte Öffnung und drangen immer wieder in sie ein. Was machte dieser Mann nur mit ihr, als hätte er sie verzaubert. Sie war ihm völlig hörig und hätte ihn am liebsten in sich gespürt, doch wagte sie nicht, aus der Kabine zu treten. »Komm näher an die Tür und zeig mir deine schöne Fotze«, befahl er weiter. Als sie breitbeinig direkt vor der Kabinentür saß, legte sich Mauricio auf den Boden des Raumes und begann mit seiner Zunge ihre Scheide zu lecken. Lena vergaß alles um sich herum, und ihre Erregung nahm überhand. Mauricios Zunge wanderte mit wilden Bewegungen zwischen ihren Schamlippen hin und her. Wieder und wieder stieß er sie in ihre feuchte Öffnung. Sie stöhnte immer lauter und atmete so schnell, dass ihr schwindelig wurde. Er saugte an ihrer Klitoris und stimulierte sie, bis Lena laut stöhnend zum Orgasmus kam. Noch einige Minuten saß Lena wie benommen auf dem Boden der Kabine. Mauricio hatte den Raum bereits verlassen und war in die Bar zurückgekehrt.

Gegen zwei Uhr verließen sie die Tango-Bar. Der Wein hatte seine Spuren hinterlassen, und Lena hatte das Gefühl, auf Wolken zu laufen. Die Freunde verabschiedeten sich, und Mauricio fuhr Lena nach Hause.

Sie sprachen kaum ein Wort. Vor ihrer Haustür wollte sie sich schon verabschieden, als Mauricio ihren Arm packte und sie zu sich zog. Sie konnte seine Lippen an ihrem Hals spüren. Leise hauchte er ihr ins Ohr: »Willst du diese Nacht zu einem unvergesslichen Erlebnis machen?« Sie nickte nur, und beide gingen zusammen rauf zu ihrer Wohnung. Dort angekommen, nahm er das Tuch aus ihren Haaren und verband ihre Augen. Sie war ihm vollkommen ausgeliefert und innerlich zerrissen – auf der einen Seite war sie erregt, aber gleichzeitig hatte sie auch Angst. Schließlich kannte sie diesen Mann erst seit ein paar Tagen, und sie war allein mit ihm und völlig schutzlos.

Er nahm ihre Hand, führte sie zum Bett und befahl ihr, sich hinzulegen und auszuziehen. Als sie nackt auf dem Bett lag, wusste sie nicht, ob er sich noch im Raum befand, traute sich aber auch nicht, unter dem Tuch hindurchzublinzeln. Dann stand er plötzlich wieder vor ihr. Sie roch sein Parfüm. »Magst du Schokolade?«, fragte er, »dann öffne deinen Mund!« Ihre Lippen zitterten vor Aufregung, als sie etwas widerwillig den Mund aufmachte. Schon spürte sie eine süße, klebrige Masse auf ihrer Zunge. Erst konnte sie nicht ausmachen, was da in ihren Mund geführt wurde; bis sie die volle Pracht seines Schwanzes spürte. Langsam ließ sie ihn weiter in ihren Mund vordringen und presste dabei ihre Lippen fest zusammen. Als sie ihre Hände zur Verstärkung um seinen Schaft legen wollte, packte er ihre Arme und hielt sie fest. Er befahl, dass sie ihn nur mit ihrem Mund verwöhnte. Sie saugte und leckte mit ihrer Zunge den Rest des Schokoladensirups von seinem Schwanz.

Nach einer Weile warf er sie auf den Rücken und band ihre Hände an den Bettpfosten fest. Lena wusste nicht, wie ihr geschah, und obwohl sie Angst hatte, ließ sie ihn gewähren. Mauricio öffnete ihre Beine und leckte mit seiner Zunge um ihre Scham herum. Plötzlich spürte sie einen kalten Gegenstand auf ihrer Klitoris, der sie zusammenzucken ließ. Es dauerte eine Weile, bis sie erkannte, dass es ein Eiswürfel war. Mauricio führte den Eiswürfel in kreisenden Bewegungen zwischen ihren Schamlippen umher, um ihn dann mit seinem Mund in ihre Scheide einzuführen. Kurz darauf zog er ihn wieder raus und setzte sein Spiel fort. Er wanderte über ihren gesamten Körper, streifte ihre Brustwarzen und fand für Lena bis dato unbekannte erogene Zonen. Es war unangenehm kalt und doch zugleich unglaublich erregend. Lena wusste nicht, für welches Gefühl sie sich entscheiden sollte … doch sie konnte sich nicht wehren. Wieder führte er ihr den Eiswürfel mit der Zunge ein und drang gleichzeitig mit seinem steifen Glied in ihren Hintern. Der kalte Eiswürfel betäubte ihre Scheide fast gänzlich, und doch spürte sie, wie das Schmelzwasser ihre Beine herunterlief. Bevor sie sich an die Kälte gewöhnen konnte, empfand sie einen stechenden Schmerz auf ihrer Brust, dann auf ihrem Bauch und ihren Beinen. Was war das? Lena schrie auf. Vor Schmerz? Vor Erregung? Sie wusste es nicht … Dann erkannte sie den Geruch von heißem Wachs. Überall auf ihrem Körper hinterließ er schmerzhafte Spuren. Sie wand sich unter Mauricios Gewicht, der immer tiefer in sie eindrang. Sie wusste nicht, ob der Eiswürfel schon geschmolzen war, doch spürte sie plötzlich einen Widerstand in ihrer Scheide. Mit festen Stößen drang etwas in sie ein, und nun wurde sie doppelt penetriert. Es war die Kerze, deren Wachs zuvor ihren Körper bedeckt hatte.

Lena war völlig überwältigt von der Mixtur an Gefühlen, als sie einen weiteren Eiswürfel spürte, mit dem Mauricio ihre Klitoris stimulierte. Seine Bewegungen wurden immer schneller. Der Eiswürfel kreiste in immer kleineren Bewegungen, die Kerze in ihrer Scheide drang immer tiefer und härter in sie ein. Genau wie sein Schwanz in ihrem Arsch, der dicker und härter wurde. Langsam übermannte Lenas Erregung alle anderen Gefühle, und unter lautem Stöhnen gab sie sich dem Orgasmus hin. Ein letzter Schrei hallte durch die Wohnung, als Mauricio sich mit einem warmen Strahl auf ihrer Brust ergoss.

Blind Date

Es war das erste Mal, dass ich mich tatsächlich mit einem Blind Date verabredet hatte. Ich hatte schon mehr als einmal erotischen Mailkontakt mit einer Frau, aber immer wenn es darum ging, die geheimen Phantasien, über die wir uns ausgetauscht hatten, gemeinsam in die Tat umzusetzen, hatten die lieben Damen bisher gekniffen. Seit einiger Zeit hatte ich jedoch eine ganz besondere Mailfreundin. Tamara, Anfang 30, sehr wild und leidenschaftlich, aber verheiratet und anfangs fest entschlossen, ihrem Gatten treu zu bleiben. Doch dieser eingebildete Yuppie war so mit seiner Karriere beschäftigt, dass er abends zu müde war, seine von meinen Mails aufgegeilte Frau zu befriedigen. Sein Pech war mein Glück, denn aus dem anfänglich nur verbalen Geplänkel mit Tamara sollte auf ihren Wunsch hin mehr werden. Sie wollte mich treffen, aber nach ihren Spielregeln. Das war natürlich kein Problem für mich. Sofort willigte ich ein.

Als ich zum Treffpunkt fuhr, klopfte mir das Herz aufgeregt in der Brust, meine Hände waren schweißnass, als sei ich noch ein kleiner Schuljunge, der seiner ersten Verabredung entgegenfiebert. In gewisser Weise war es ja auch eine Premiere. Mein erstes Blind Date!

Tamara hatte mich kurz vor Sonnenuntergang zu einer Aussichtsplattform mitten im Wald bestellt. Sie hatte mir in ihrer letzten E-Mail minutiös beschrieben, wie ich vorgehen sollte. Bevor ich die drei Dutzend Eisenstufen zu der Plattform hinaufstieg, sah ich mich noch einmal hastig um. Der Wald war menschenleer. Unheimlich schrie ein Käuzchen. Gänsehaut lief mir über den Rücken. Gepaart mit meiner erwartungsvollen Vorfreude und einer gewissen Erregung, musste ich über mich selbst lachen. Schon Jahre war ich nicht mehr so aufgeregt und nervös wegen einer Frau gewesen. Es war fast so wie bei meiner ersten großen Liebe, Diana.

Oben auf der einsamen Plattform sah ich die Sonne noch, sie war etwa zur Hälfte bereits versunken. In der Mitte der Plattform waren mehrere Bänke aufgestellt. Ich setzte mich und beobachtete den Sonnenuntergang. Meine Gedanken schweiften umher, mal zu Diana, dann wieder zu Tamara. Diana war zwar nur ein Jahr älter als ich gewesen, aber sie hatte schon viel mehr Erfahrung als ich. Sie war waghalsig, wild und sehr dominant gewesen. Langweilig wurde es nie mit ihr. Sex in der Natur liebte sie ganz besonders. Leider hatte sie mich nach zwei Jahren wegen eines anderen Typen verlassen, und irgendwann hatte ich sie aus den Augen verloren.

Plötzlich hörte ich Schritte. Ich zwang mich, den

Blick zu senken, wie Tamara es mir befohlen hatte. Es fiel mir unglaublich schwer, aber ich zählte im Geiste bis 100 und sah dann erst auf. Im Schein der untergehenden Sonne stand direkt vor mir, etwa drei Meter entfernt, eine Frau, Tamara. Sie wandte mir den Rücken zu und schaute in den romantischen Sonnenuntergang. Sie trug hochhackige schwarze Pumps und ein schwarzes, transparentes Kleid, das leise im Abendwind flatterte, genauso wie ihr pechschwarzes, schulterlanges Haar. Ihr Anblick war so sexy, dass ich sofort einen riesigen Ständer bekam. Genüsslich musterte ich sie. Sie war zwar schlank, hatte aber einen durchaus wohlgeformten Hintern, und ihre Beine waren wunderschön. Am liebsten hätte ich mich hinter sie gekniet und ihre Kniekehlen geleckt und ihre schlanken Fesseln geküsst. Aber das wollte sie nicht. Ich stand langsam auf und ging zu ihr. Dicht hinter ihr blieb ich stehen, ohne sie jedoch zu berühren. Ich atmete ihren wunderbaren Duft ein. Er war aufregend fremd, aber merkwürdigerweise auch seltsam vertraut. Ihre Haare wehten mir ins Gesicht, was mir einen Schauer über den Rücken jagte. Ich konnte nun sehen, dass sie unter ihrem sexy Kleid keinerlei Unterwäsche trug. Das hatte sie mir zwar angekündigt, aber es tatsächlich zu sehen war überwältigend. Am liebsten hätte ich sie in meine Arme geschlossen, sie herumgedreht und ihre sicherlich sehr weichen Lippen geküsst. Doch ich hielt mich an Tamaras Wünsche. Ich beugte mich nach vorne und stützte mich mit einer Hand am Geländer ab, an dem sie sich festhielt. Ich hörte, wie sie scharf die Luft einsog, obwohl ich sie noch immer nicht berührt hatte. Mein Schwanz war so hart, dass er fast schmerzhaft pochte. Mit einer langsamen Bewegung öffnete ich meinen Gürtel und meinen Reißverschluss. Ich bemerkte, dass sie zitterte; vor Erregung, wie ich hoffte. Mein harter Schwanz sprang mir entgegen und mit meiner freien Hand schob ich ihr Kleid über ihre Pobacken, wieder stöhnte sie leise auf. Meine Hand fuhr langsam ihre Poritze entlang bis zu ihrer klatschnassen, heißen Spalte. Ihre Erregung machte mich nur noch geiler. Sie öffnete die Beine etwas, und ich schob mein Rohr langsam in ihre enge, nasse Muschi. Bis zum Anschlag. Wir stöhnten beide laut auf. Ihr Wunsch war nun, dass ich regungslos in ihr blieb. Es war ein herrliches Gefühl. Sie umschloss mich heiß mit ihrem Schoß, während wir uns beide an das Geländer vor uns klammerten und dem Sonnenuntergang zusahen. Es war ein Moment, der ewig hätte dauern können, der aber doch rasend schnell vorbeiging. Plötzlich war die Sonne einfach weg, zack, hinter den Baumwipfeln verschwunden. An dieser Stelle hatte ihre E-Mail geendet mit der strikten Anweisung an mich, nicht zu sprechen. Eigentlich sollte ich sie auch nicht berühren, aber das hielt ich nicht mehr aus. Mit der rechten Hand tastete ich mich langsam über ihren Bauch vor und wollte ihre Brüste streicheln, als sie mir hart auf die Finger schlug.

»Lass das! Halt dich an die Anweisungen!«, zischte sie.

»Aber ich …«, setzte ich an.

»Halt's Maul!«, wies sie mich zurecht.

Ihr harter Ton verblüffte mich einerseits, andererseits machte er mich an. Nach Diana hatte nie wieder ein weibliches Wesen beim Sex so mit mir geredet. Diana hatte mich oft beschimpft oder mich angefeuert, ich sollte sie ganz besonders hart ficken. Tamara vor mir spannte nun ihre Muskeln so an, dass ihre enge Muschi meinen Schwanz massierte. Es fühlte sich an, als lutsche sie mich mit ihrem Mund anstatt mit ihrer gierigen Pussy. Es war unglaublich! Gerade als ich kurz vorm Abspritzen war, hörte sie wieder auf. Ich stöhnte enttäuscht.

»Wenn du kommen willst, dann tu was. Fick mir die Seele aus dem Leib!«, zischte sie auffordernd.

Das ließ ich mir nicht zweimal sagen, packte sie an den Hüften und zog meinen Schwanz fast ganz aus ihr heraus und rammte ihn dann mit voller Wucht wieder in ihre tropfende Muschi. Sie schrie auf, aber das war mir egal. Ich nahm sie hart und rücksichtslos, bis ich mit einem lauten Stöhnen kam und ihr meine heiße Sahne hineinspritzte. Ich taumelte zurück und ließ mich benommen auf die Bank fallen. Tamara drehte sich um. Mit einem verschlagenen Lächeln streifte sie sich das Kleid vom Leib. Sie kam zu mir, packte mich am Hemdkragen und schob mich hinunter auf die Bank, so dass ich vor ihr lag. Sie stieg mit ihrem rechten Bein über mich, stellte ihren Absatz direkt neben mein Ohr und presste mir ihre nasse Fotze ins Gesicht. Ich steckte meine Zunge in ihre warmen Falten, und ihr wunderbarer Saft rief Erinnerungen an längst vergangene Zeiten wach. Ich lutschte ihren geschwollenen Kitzler, und sie ließ sich vollends gehen. Sie stöhnte und schrie und beschimpfte mich. Es war fast wie mit Diana. Diana! Ich riss die Augen auf, doch im Dunkeln konnte ich ihr Gesicht nicht erkennen. Als sie schreiend kam, krallte ich meine Finger in ihre runden Pobacken und hielt sie fest. Sie zu lecken hatte mich so angemacht, dass ich schon wieder eine Erektion hatte. Ich schob die wilde Unbekannte sanft von meinem Gesicht, rollte unter ihr weg und legte sie rücklings auf die Bank. Bereitwillig spreizte sie ihre Schenkel für mich, und wieder versenkte ich meinen Schwanz in ihr. Ich fickte sie mit harten Stößen, sie stöhnte bei jedem einzelnen laut auf. Sie war es, sie musste es sein! Ich beugte mich vor und küsste sie leidenschaftlich. Diesmal wehrte sie sich nicht.

»Diana!«, keuchte ich euphorisch und kam ein zweites Mal.

Ihre Pussy umklammerte meinen zuckenden Schwanz, als sie ebenfalls noch einmal kam und sie stöhnte: »Ich dachte schon, du merkst es nie!«

Ich hatte Diana wiedergefunden, und unser zweites »erstes Mal« war noch besser als unser ERSTES gewesen!

Frohe Weihnachten

Ich glaube, es war Weihnachten vor zwei Jahren, als ich mal wieder bei meinem Freund Luis in Madrid zu Besuch war. Wir hatten nun schon seit etwa einem Jahr eine Fernbeziehung, und es war nicht immer so ganz einfach, damit umzugehen. Glücklicherweise hatte jedoch unser Sexleben nie unter der Entfernung gelitten. Im Gegenteil, die Enthaltsamkeit zwischen den Besuchen entfachte das Feuer nur noch mehr, wenn wir uns dann endlich sahen. Es sollte unser erstes gemeinsames Weihnachtsfest sein, nur wir zwei, und ich hatte mir richtig Mühe gegeben mit den Geschenken für ihn. Unter anderem hatte ich ihm ein Fotoalbum gemacht, mit Fotos unserer schönsten Momente des vergangenen Jahres. Ich freute mich so sehr auf die Bescherung und sein Gesicht beim Anblick der Geschenke, dass ich die Tage zuvor an nichts anderes denken konnte. Allerdings sollte *ich* am Ende diejenige sein, die große Augen machen würde.

Am Heiligabend hatten wir es uns bei Rotwein und einem selbstgekochten Mahl zu Hause gemütlich gemacht. Nach dem Essen gingen wir dann endlich zur Bescherung über. Nach und nach rissen wir die Verpackungen auf, und ich war wirklich überrascht, wie gut er meinen Geschmack getroffen hatte. Meine ganz besondere Überraschung behielt ich mir dann aber bis zum Ende auf … eine Digitalkamera. Als Letztes übergab ich ihm dann die Kamera und erwartete gespannt seine Reaktion. Er hat sich wirklich riesig gefreut und wollte sie sofort ausprobieren. Vorher überreichte er mir jedoch noch schnell einen kleinen Beutel. Ich schaute ihn etwas verblüfft an. Das sei mein wichtigstes Geschenk, sagte er nur. Langsam öffnete ich den Beutel, und zum Vorschein kam ein schwarzer Dildo in bester Mannesgröße sowie ein kleines Fläschchen Gleitmittel. Ich war sprachlos und bekam tatsächlich keinen Laut heraus. Damit hätte ich beim besten Willen nicht gerechnet, aber ich muss sagen, ich fand das Geschenk absolut geil.

Luis hatte natürlich in dem Moment auf den Auslöser gedrückt, als ich das gute Stück zu Augen bekam, und wir lachten uns fast kaputt über meinen Gesichtsausdruck. Dann fragte er mich, ob mir das Teil denn gefalle, und ich nickte ganz aufgeregt. Ich war wirklich richtig nervös, schließlich war das mein erster Dildo und dann auch noch von meinem Freund.

»Ich will, dass du ihn ausprobierst! Jetzt sofort!« sagte er und nahm mich an der Hand. Er führte mich ins Schlafzimmer und setzte mich mit meinem neuen Spielgefährten in der Hand aufs Bett. Dann machte er es sich selbst am Fuße des Bettes bequem. »Stell dir einfach vor, ich wäre nicht da!«, sagte er.

Ich schaute mir den kunstvollen Lustbringer etwas

genauer an und musste immer wieder kichern. Allerdings machte mich an der ganzen Situation das Spielzeug wesentlich nervöser als die Anwesenheit meines Freundes. Mit ihm fühlte ich mich nie unwohl, ganz im Gegenteil. Das schwarze Stück war wirklich schön geformt und hatte eine kleine Fernbedienung, die es vibrieren ließ. Ich war sehr nervös und zog mich erst mal aus, um Zeit zu schinden. Als ich dann nackt vor meinem Freund saß, fragte er, ob es mir etwas ausmachen würde, wenn er mich bei meiner kleinen Entdeckungsreise fotografierte. Ich schüttelte den Kopf und legte mich aufs Bett. Dann ließ ich meine Hände langsam über meinen Körper streichen, fuhr über meine Brüste und kniff an meinen Brustwarzen. Ich nahm zwei meiner Finger in den Mund und befeuchtete sie etwas. Dann ließ ich meine Hand zwischen meine Beine fahren und rieb mit leichten Bewegungen über meine Klitoris. Ich spürte, wie ich langsam feuchter wurde, und ließ meine Hand schneller zwischen meinen Schamlippen kreisen. Meine Augen hatte ich geschlossen, doch ich war neugierig und öffnete sie, um meinen Freund anzuschauen. Der biss sich vor Erregung auf die Lippen. Ich kannte diesen Ausdruck auf seinem Gesicht, und es machte mich noch mehr an. Zwischendurch machte er immer wieder Fotos, und es schien ihm sichtlich zu gefallen. Ich führte erst einen und dann zwei Finger tief in meine Muschi ein und erforschte meine warme, feuchte Höhle. Weiter und weiter rieb ich meine Klitoris, um meine Erregung zu steigern. Einige Minuten lag ich so da und genoss die Leidenschaft, die in mir aufstieg. Dann richtete ich mich auf und nahm den großen harten Kunst-Schwanz in die Hand. Ich öffnete das Fläschchen mit Gleitgel und ließ ein wenig der Flüssigkeit auf den Dildo tropfen, um ihn vollkommen damit einzureiben. Es war ein wahnsinniges Gefühl, so einen harten Schwanz zwischen den Händen zu fühlen, und ich konnte es nun kaum noch erwarten, ihn in mir zu spüren. Ich drehte das Rädchen an der Fernbedienung auf mittlere Stufe und ließ den Dildo über meinen Körper fahren, um die Vibration zu empfinden. Als ich an meiner Hüfte vorbei auf meine Muschi zusteuerte, zog ein irrsinniges Kribbeln durch meinen Unterleib. Endlich platzierte ich das Teil auf meiner Klitoris, und sofort bebte ich vor Erregung. Es war ein unglaubliches Gefühl, die Vibration durchflutete meinen gesamten Körper und die Härte des Schwanzes machte mich fast wahnsinnig. Ich hörte auch, wie Luis aufstöhnte. Er hatte seine Hose ausgezogen und hielt seinen erigierten Schwanz fest in der Hand. Er bewegte sie auf und ab, und seine Augen waren starr auf mein Spiel mit dem Dildo gerichtet. Es erregte mich unheimlich, zuzusehen, wie sehr meine Selbstbefriedigung meinen Freund anmachte; ich wollte unser Spiel nun zum nächsten Level führen. Langsam ließ ich den schwarzen Gummischwanz über meine Muschi wandern und führte ihn schließlich langsam in mich ein. Plötzlich wurde mir bewusst, wie toll dieses Spielzeug doch war, denn ich hatte die absolute Kontrolle darüber, wie schnell und tief und fest er in mich eindringen würde. Das nutzte ich nun aus und drückte ihn nur sehr langsam etwas tiefer in meine Scheide. Die Vibration strömte nun direkt in meinen Körper; es war ein seltsam schönes Gefühl.

Ich wollte ihn gar nicht wieder rausziehen, sondern immer weiter in mich einführen. Luis' Schwanz war nun völlig hart, und ich sah in seinen Augen, wie sehr ihm mein Anblick gefiel. Nach und nach zog ich den Luststab aus meiner Scheide, um ihn dann direkt wieder eindringen zu lassen. Mit meiner freien Hand stimulierte ich meine Klitoris, die vor Geilheit richtig angeschwollen war. Eine ganz neue Dimension von Selbstbefriedigung hatte sich mir eröffnet, und ich konnte gar nicht glauben, dass ich vorher noch nie so ein tolles Hilfsmittel benutzt hatte.

Ich richtete mich plötzlich auf und ließ den Schwanz tief in mir ruhen, während ich die Position wechselte. Mit beiden Beinen kniete ich mich aufs Bett und bewegte meine Muschi so weit herunter, dass der dunkle Freudenbringer auf der Matratze auflag. Ich begann erst langsam und dann immer schneller meinen Körper auf dem harten Schwanz auf und ab zu bewegen. Wenn ich ihn tief in mir spürte, hielt ich einen Augenblick lang inne und sah Luis dabei tief in die Augen. Er spürte, wie unglaublich intensiv dieses Erlebnis für mich war, und lächelte mich wissend an. Noch nie hatte ich eine so extreme Bindung zu meinem Körper gespürt, und ich wollte, dass dieser Moment nie vorbeigehen sollte. Meine Hand umkreiste meine Klitoris mit einer Intensität, wie ich sie noch nie vorher erlebt hatte. Der Dildo in mir verstärkte dieses Gefühl, und die Vibration trieb meine Lust in unermessliche Höhen. Ich wurde in meinen Bewegungen immer wilder und spürte, dass ich dem Höhepunkt sehr nah war. Als ich Luis ansah, hatte er die Augen geschlossen, und ich wusste, dass auch er bald kommen würde. Ich rückte etwas weiter vor, nahm mit einem Mal seinen Schwanz in meinen Mund und begann, ihm wild einen zu blasen. Er zuckte kurz auf und überließ sich dann voll und ganz meinem Spiel. Ich ließ den Kunst-Penis schneller und tiefer in mich eindringen und beschleunigte dabei auch die Bewegungen meiner Hand, die kreisend über meine Muschi fuhr. Schließlich konnte ich mich nicht länger zusammenreißen und spürte den Orgasmus in mir aufsteigen. Noch einmal ließ ich Luis' Schwanz tief in meinen Rachen gleiten, bis ich mit einem lauten Schrei zum Höhepunkt kam. Der Anblick meines völlig erregten Körpers und die brennende Lust überkamen dann auch Luis, und er ergoss sich tief in meinen Mund. Sein Saft war warm und besänftigte mich. Mein gesamter Körper war wie ein Knallkörper explodiert, und nun zuckten noch einzelne kleine Feuerwerke durch meine Arme, Beine und meinen Unterleib. Das Blut pochte schnell durch meine Adern, und ich konnte kaum meinen Atem wiederfinden. Luis lag erschöpft neben mir und schaute mich mit seinen wunderschönen Augen an. »Und, hat dir dein Geschenk gefallen?«, fragte er. Ich lächelte ihn nur an und drückte ihm einen langen und innigen Kuss auf die Lippen. Was für ein Weihnachtsfest.

Die beste Freundin

Das Telefon klingelte, doch als sie abnahm, hörte sie nur ein Klicken. Filippa hatte mal wieder Streit mit ihrem Exfreund gehabt, und zu allem Überfluss war er auch noch handgreiflich geworden. Nun hatte sie Angst, dass er wieder vorbeikommen und ihr eine Szene machen würde. Am besten, sie würde Claudine einladen, dann wären sie wenigstens zu zweit, und ihre Freundin hatte immer die besten Argumente, wenn es darum ging, sich gegen einen Mann durchzusetzen. Sie würde bestimmt mitmachen und hätte auch noch ihren Spaß dabei. Filippa wählte ihre Nummer.

Claudine war bald da und hatte eine große Tasche mit. »Na sag' mal, willst du etwa die ganze Woche bleiben?«

»Das wird sich zeigen, aber das hat nichts mit der Taschengröße zu tun. Was hältst du davon, wenn wir Dirk rund machen würden.«

»Wieso, was meinst du damit?«

»Nun, ja, ich dachte da so an ein paar Spielzeuge, die ich zufälligerweise hier in meiner Reisetasche wiedergefunden habe.« Filippa schaute sich mit Erstaunen den Inhalt an. Claudine war echt die Schärfste, die musste überall noch einen draufsetzen. »Na glaubst du etwa, der steigt darauf ein?«

»Na klar, zwei scharfe Frauen und er als King Louis in der Mitte, das muss ihn doch mächtig bauchpinseln, ja, und dann nehme ich ihn mir richtig vor. Mal sehen, ob er damit klarkommt.«

»Nicht, dass er dich nachher auch noch umbringen will.«

»Das glaube ich kaum, ich denke, er ist leicht zu knacken, simpel gestrickt, lass mich nur machen.«

Claudine hatte es wirklich faustdick hinter den Ohren, Filippa traute ihr das zu, aber erst mal einen Drink, und vielleicht kam Dirk ja auch gar nicht.

»Sag mal, hast du hier irgendwo eine Gelegenheit zum Festbinden?« Das Bett bot gute Möglichkeiten, und Claudine bereitete alles vor; sie hatte eine Menge Karabinerhaken mit und befestigte schon einmal vier Riemen an dem Bettgestell. »Wir müssen ihm nur irgendwie die Handfesseln anlegen, dann aufs Bett und die Haken einrasten lassen, und schon haben wir ihn.«

Sie waren auf dem Weg ins Wohnzimmer, da klingelte es, und sie drückte den Türöffner. Es polterte im Treppenhaus, Dirk musste also schon oben sein.

Claudine schicke Filippa ins Bad, dann öffnete sie.

Dirk blickte sie an wie das achte Weltwunder. »Wo ist Filippa?«

»Im Bad, sie macht sich gerade frisch, aber komm doch rein.«

Verdutzt betrat er den Flur. »Du bist also …«

»Claudine, Filippas neue Freundin, und du musst Dirk sein, sie hat mir schon viel von dir erzählt.«

»Ach ja, was denn so?« Sie lotste ihn ins Wohnzimmer, blickte zurück und machte Filippa, die in der Klotür stand, ein Zeichen, noch etwas zu warten.

»Oh, sie hat mir von deiner unstillbaren Leidenschaft erzählt und dass du ohne Schwierigkeiten mehrmals hintereinander kommen kannst.«

Dirk schluckte, so direkt hatte noch nie eine Frau in seiner Gegenwart das Thema Sex angesprochen. Das machte man einfach nicht, aber geil war es schon. Claudine hatte einen engen schwarzen Lederrock an, eine Korsage presste ihren ohnehin schon üppigen Busen stark nach oben, zwei pralle Titten lockten seinen Blick, er erkannte kaum ihre Haarfarbe, oder etwa ihren Gesichtsschnitt, später erinnerte er sich tatsächlich nur noch an diesen Wahnsinnsbusen, er hätte Claudine ansonsten nicht näher beschreiben können, denn sein Blick hing gebannt an den Dingern fest.

Genussvoll nahm sie das wahr, sie kannte ihre Pappenheimer, einer wie der andere, gab man ihnen Zucker, fraßen sie einem aus der Hand. Sie manövrierte ihn auf den Sessel und setzte sich ihm gegenüber, »Einen Drink?« Sie reichte ihm Filippas Glas und stieß mit ihm an, sein Blick blieb an den Titten hängen, er tat einen großen Zug. »Wir haben schon auf dich gewartet.«

»Auf mich?« Dirk schrak aus seiner Betrachtung auf.

»Na auf wen denn sonst? Filippa wohnt jetzt bei mir, doch heute haben wir gedacht, wir kümmern uns mal ein wenig um dich, damit du dich nicht einsam fühlst.«

Dirk blickte sie ungläubig an; was sollte das, meinte sie das etwa ernst? »Ich weiß nicht, ...?«

»Nun ja.« Claudine stand auf und schritt um den Sessel, beugte sich von hinten über ihn, und legte ihm ihre Titten in den Nacken, dann flüsterte sie ihm leise ins Ohr, »sie hat mir von deinem Prachtstück erzählt, und da konnte ich nicht nein sagen.« Damit griff sie ihm gekonnt an die Hose, und tatsächlich, ihre Hand ertastete eine volle Erektion! Sie strich über den Stoff und griff dann fest zu. Dirk wusste nicht, wie ihm geschah, er legte seinen Nacken weiter in ihr Dekolleté und stöhnte auf, da griff sie schnell mit der anderen Hand an seine Kehle und drückte leicht zu. »Du bist ja ein ganz schlimmer Bube, was soll ich nur mit dir anstellen, damit du dich anständig benimmst, hmm?«

Damit schlug sie ihm leicht, aber plötzlich auf die Wange, er wollte etwas sagen, aber sie legte ihm die Titten ins Gesicht und erstickte seinen Unwillen, er atmete schwer in sie hinein und griff nach ihnen.

»Finger weg«, plötzlich war Claudines Stimme hart, »was soll Filippa von mir denken?« Er zuckte zusammen, wieder ohrfeigte sie ihn, diesmal schon etwas härter, aber da die andere Hand fest um seinen Penis lag, vermischte sich die Bedrohung mit etwas höchst Angenehmem, und er konnte nicht anders, als extreme Lust zu empfinden.

»Filippa, komm her.« Ihre Freundin kam zum Sessel, Claudine hielt Dirks Kinn gefangen. »Mach ihm die Hose auf.«

Gesagt, getan, sein Geschlecht ragte nun hoch aufgerichtet aus der Hose, mit geübten Griffen brachte sie ihn zum Keuchen. »Na, an dem ist ja richtig was dran, das wird Spaß machen. Steh auf!«, herrschte sie ihn an. Dirk gehorchte aufs Wort, im Angesicht dieser Riesentitten konnte er einfach nicht anders. Filippa streifte ihm behände die Hosen herunter und befreite ihn von seinen Schuhen. Nun stand er da, den Blick hypnotisiert auf die wunderbaren Hügel vor seinen Augen gerichtet.

Claudine rückte näher und hauchte: »Willst du mit uns spielen, kleiner Freund?« Dirk hatte einen Kloß im Hals und musste schlucken.

»Antworte!«, kam es wieder barsch. »Ähäm, ich weiß nicht.«

»Gut, das fasse ich als ein klares Ja auf. Du musst dein Vokabular aber schon ein wenig erweitern, mein Lieber, sonst werde ich böse, und das wird gar nicht spaßig für dich sein. Sag: Ja, Madame, ich möchte mit Ihnen spielen.« Dirk brachte keinen Ton heraus. Claudine gab ihm einen Klaps auf die Wange, »Magst du diese Titten?«

»Ja.«

»Na also, die Sprache hast du noch nicht verloren, lass uns mal ins Schlafzimmer gehen, vorwärts. Sie bugsierte ihn durch den Flur in den anderen Raum. »Also ich weiß ja nicht, …«

»Klappe halten, du sprichst nur, wenn du gefragt wirst, ist das klar?« Dirk sah sich hilfesuchend nach Filippa um. »Wenn du sie ficken willst, dann nur mit mir, hast du das verstanden?«

»Ja«

»Ja, Madame, heißt das.« Tatsächlich sagte er nun ganz gehorsam »Ja, Madame«, und Filippa traute ihren Ohren nicht.

»Leg dich aufs Bett, los, mach schon, wir haben nicht ewig Zeit für dich. Wir werden dich jetzt anbinden, nur so zum Spaß, damit du weißt, was für eine Lust dir das bereiten wird, wenn du nicht mehr magst, kannst du stopp, sagen, aber dann musst du auch sofort die Wohnung verlassen, also überleg dir gut, ob du diese einmalige Gelegenheit verschenken willst.«

Filippa machte sich daran, ihm die Fesseln anzulegen, sie arbeitete ruhig, aber zügig, damit er nicht allzu lange Zeit zum Überlegen hatte. Schnell schnappten die Karabiner zu, während Claudine langsam um das Bett herumging und ihn abzulenken wusste. »Du darfst uns nun erst einmal zuschauen, vielleicht zeige ich dir auch meine Nippel, wenn du schön brav bist.«

Sie kniete sich aufs Bett und brachte ihre Oberweite nah an sein Gesicht, griff in ihren Ausschnitt und rückte ihre Titten scheinbar zurecht. Dann entfernte sie sich wieder. Filippa war fertig. Sie stellten sich ans Fußende, und Claudine griff ihr unter den Rock. Langsam zog sie den Stoff über ihren Arsch, so dass er nun die Pobacken betrachten konnte. Eine Hand streichelte die Rundungen, die andere schob sich unter den Pulli und griff nach den Brüsten. Filippa stöhnte ein wenig. Dirk blickte wie gebannt auf dieses Schauspiel. Die beiden küssten sich, und Claudine hob eines von Filippas Beinen an, damit sie es gespreizt aufs Bett stellen konnte. Nun lag ihr Geschlecht frei in Dirks Blickfeld. Claudine rieb ihre Scham und steckte einen Finger in ihr Loch. Filippa sah ihm dabei in die Augen, jetzt kniete Claudine nieder, hielt Filippas Schamlippen auseinander und leckte sie.

Filippa begann zu stöhnen, dieses Stöhnen, das Dirk so gut kannte und das ihn immer so wahnsinnig aufgeregt hatte. Nun entlockte diese Frau ihr die süßen Töne, und es war geil, es bloß anzusehen, ohne selbst etwas tun zu können.

Claudine stand auf und hob ihren Busen aus der Korsage, Filippa knetete ihn und küsste ihre hoch aufgerichteten Nippel. Die beiden bewegten sich in einer wunderbaren Einheit, er hatte so etwas noch nie live gesehen, höchstens mal in so einem Porno, aber das hier war etwas ganz anderes. Er konnte den Blick nicht von ihnen abwenden und keuchte vor Erregung. Nun bugsierte Claudine ihre Freundin so hin, dass sie mit ihrem Arsch über seinem prallen Stängel hockte. Claudine führte ihn sanft in sie ein, drückte sie immer weiter runter und rieb dabei ihren Kitzler. Als er ganz drin war, lehnte sich Filippa zurück und gab den Anblick auf ihren Kitzler frei, doch er konnte ihn nicht anfassen, nein, aber Claudine konnte, nun rieb sie den kleinen Knoten immer schneller, er spürte den Druck und die Reibung an seinem Schwanz, sie gerieten gemeinsam in einen irren Rhythmus, Filippa schrie vor Lust, es pulsierte in ihr, wurde kochend heiß, und dann kam er gewaltig.

»Das war doch schon ganz nett, fürs Erste«, hörte er Claudines beinahe unbeteiligte Stimme. Was sollte denn jetzt noch kommen?

Dirk pochten die Schläfen. Die beiden lösten sich von ihm, er hörte Filippa kichern, dieses Luder, die hatte es wirklich faustdick hinter den Ohren, was hatten die beiden wohl noch vor? Sie ließen ihn allein und genehmigten sich einen Drink. »Sollen wir ihm auch was geben?«, fragte Filippa.

»Nein, noch nicht, der soll erst noch etwas schmoren, schlimm genug, dass er so schnell einen Abgang hatte, sollen wir ihn da noch belohnen?«

»Du hast recht, die Sau hat mich vollgespritzt, ohne vorher zu fragen.« Filippa lachte und ging erst einmal duschen.

Claudine mixte ihnen noch einen Drink und machte es sich auf dem Sofa gemütlich, es war schon spät, eigentlich hätte sie sich Dirk noch gerne mit dem Umschnalldildo vorgenommen, aber es war noch nicht aller Tage Abend. Für heute würde sie ihn entlassen, aber das nächste Mal war er reif, und er würde wiederkommen, da war sie sich sicher. Nach einer Weile kam Filippa zurück, »und, was machen wir jetzt mit ihm?«

»Rausschmeißen!« Beide brachen in schallendes Gelächter aus.

Sie gingen hinüber, Filippa löste schweigend seine Fesseln, und Claudine kommandierte wieder herum. »Zieh dich an! Für heute habe ich die Lust an dir verloren, du bist viel zu schnell gekommen. Da müssen wir dran arbeiten, aber ich verzeihe dir! Da es für dich ja wohl das erste Mal war, will ich das durchgehen lassen. Wenn du Filippa das nächste mal vögeln willst, rufst du mich an, wir machen dann einen Termin ab, wage nicht mehr, hier anzurufen, Filippa gibt es nur noch mit mir gemeinsam oder halt gar nicht. Ist das klar?« Damit reichte sie ihm ihre Telefonnummer.

Sie wartete keine Antwort ab, sondern wendete sich ab und sagte über die Schulter: »Schnapp deine Klamotten und geh, ich will endlich schlafen.« Dirk raffte schnell seine Sachen zusammen, schlüpfte in seine Hose und wollte sich noch von Filippa verabschieden.

»Kein Wort, Filippa gehört jetzt mir. Mach, dass du rauskommst.«

Die Tür klappte zu, Dirk war tatsächlich ohne ein Wort gegangen. »Den sind wir los«, lachte Filippa, doch Claudine meinte: »Na, den werde ich noch einzuführen wissen, das nächste Mal nehme ich ihn mir alleine vor, und wer weiß, vielleicht habe ich sogar Verwendung für ihn.«

Nacht im Schnee

Seit fast fünf Jahren lebe ich in einem wundervollen Skigebiet im österreichischen Vorarlberg. Zwar bin ich gebürtige Hamburgerin, aber trotzdem haben es mir nicht die Wellen, sondern die Berge angetan. Mit zwanzig hielt ich es im nordischen Flachland nicht mehr aus, packte meine Sachen und zog Richtung Österreich. Dort kannte ich mich aus, weil ich bereits als Kind mit meinen Eltern dort im Skiurlaub gewesen bin, und somit war die Fremde doch nicht ganz so fremd. Nein, ich liebte die Umgebung, die winterlichen Berge, den blauweißen Schnee, der von der Sonne so schön angeglitzert wird. Oder die Berge im Sommer mit den saftig grünen Weiden und den wunderschönen bunten Wiesenblumen und den Kühen. Einfach zu schön.

Ich machte mit meinem ersparten Geld eine Ausbildung zur Skilehrerin, um so meinen Lebensunterhalt finanzieren zu können.

Für die ersten Wochen quartierte ich mich in der kleinen Pension von Mariellas Eltern ein. Mariella kannte ich schon, seit ich das erste Mal mit meinen Eltern zum Skifahren nach Österreich gefahren bin.

Ich lernte Mariella in der Skischule kennen, wir waren ungefähr gleich alt und waren beide gleichermaßen mit dem Schnee verwachsen. Wir liebten das pulvrige Nass und alles, was man damit machen konnte. Ich war allerdings immer ein klein wenig neidisch auf Mariella, weil sie immer in den Bergen sein konnte, und nicht schon nach ein bis zwei Wochen wieder mehr als tausend Kilometer weit weg nach Hause fahren musste.

Mariella und ich waren wie Schwestern im Geiste, und eigentlich stand schon relativ schnell fest, dass ich irgendwann den Rest meines Lebens bei ihr im bergischen Vorarlberg verbringen würde.

Mittlerweile hatte Mariella eine eigene kleine Kinderskischule, und wie das Schicksal es wollte, brauchte sie aufgrund der hohen Nachfrage nach Skikursen noch eine Skilehrerin. Nachdem ich meine Ausbildung abgeschlossen hatte, konnte ich anfangen. Es klappte alles wie im Traum, es war einfach perfekt. Mariellas Eltern machten mir das Angebot, für einen wirklich guten Preis in der Pension wohnen zu bleiben. Ich musste mich nur ab und zu ein wenig an den Hausarbeiten beteiligen und hatte eine wundervolle Unterkunft mit Familienanschluss.

Das Einzige, was zum perfekten Glück noch fehlte, war eigentlich nur noch ein passender Mann. Und einen Mann auf Urlaub wollte ich keinesfalls, denn ich suchte etwas Dauerhaftes. Da ich aber in der Kinderskischule arbeitete, lernte ich sowieso nicht allzu viele Männer kennen. Außer denen natürlich, die ihre

Kinder morgens brachten und abends wieder abholten. Und die waren ja irgendwie tabu, auch wenn da der ein oder andere knackige Kerl dabei war. Trotzdem blieb es immer beim Mini-Flirt, beim flüchtigen Augenzwinkern und Anlachen, nie wurde mehr daraus.

Jetzt war ich seit fünf Jahren hier, und der Traumprinz ließ noch immer auf sich warten. Aber da alles andere so perfekt lief, machte mich das nicht verrückt. Auch Mariella hatte keinen Freund, eigentlich auch schon seit einigen Jahren nicht. Zumindest hatte ich sie noch nie mit einem Mann zusammen gesehen oder sie von einem neuen Schwarm erzählen hören. Also zogen wir zwei Mädels eben von Zeit zu Zeit alleine um die Häuser und hatten auch ohne Männer einen Riesenspaß.

An meinem 25. Geburtstag schwatzte ich Mariellas Gasteltern die pensionseigene Kellerbar ab, um dort mit meinen Freunden und Skilehrer-Kollegen mein erstes Vierteljahrhundert zu feiern. Wir hatten gleich von Beginn an einen wundervollen Abend, und dank unserer Jobs, bei denen Ski-Gäste die Hauptrolle spielten, hatten wir irrsinnig viele Anekdoten zu erzählen. Man kann über Skilehrer sagen, was man will, sie sind einfach gut drauf.

Alkohol floss in Strömen, wir tanzten alle ausgelassen zu der Musik.

Es war ein schönes Leben und eine tolle Party.

Der Abend verging wie im Flug. Mariella und ich tanzten gemeinsam zu irgendeinem Lied aus dem

Film »Dirty Dancing«. Wir hatten uns Tischdecken umgehängt, um tolle Tanzkleider zu imitieren, und versuchten nun die Tanzschritte und -figuren aus dem Film nachzuhopsen, sehr zur Belustigung der anderen. So verkreuzten wir unsere Füße und sprangen in die Luft, um uns elegant zu drehen und die Tischdecken in der Luft zu drapieren. Aber leider verlor ich das Gleichgewicht, stolperte, fiel geradewegs und absolut ungraziös auf Mariella, versuchte aber, mich noch ein wenig abzufangen. Ich klammerte mich an Mariella und riss sie mit zu Boden. Im Augenblick des Aufpralls hatten wir uns eng umschlungen, die Tischdecken flatterten elegant auf uns herab und bedeckten uns. Als sich unsere Blicke trafen, da durchschoss uns beide gleichzeitig ein Funken, eine elektrische Entladung der dritten Art.

Ich schaute mich verwundert um, aber unsere Blicke hatte niemand bemerkt, alle lachten nur über uns, weil wir uns so grazil blamiert hatten.

Es wurde Morgen, und die Kellerbar leerte sich langsam. Mariella und ich waren die Letzten und räumten noch das Chaos auf. Immer wieder trafen sich unsere elektrisierten Blicke, wir lachten uns an, aber ich wusste noch nicht genau, was da eigentlich gerade zwischen uns lief; doch ich fühlte mich gut. So gegen sechs Uhr gingen wir nach verrichteter Aufräumarbeit nach oben Richtung Wohnung. Noch bevor ich mich verabschieden und in mein Schlafzimmer gehen konnte, nahm Mariella meine Hand, hauchte mir zärtlich einen Kuss auf den Mund und führte mich wortlos in ihr Zimmer. Dieser Kuss war wirklich nur ein Hauch, aber er durchfuhr jede einzelne Faser meines Körpers. Und da war es wieder, dasselbe elektrisierende Gefühl. Das hatte ich schon lange nicht mehr erlebt, und vor allem noch nie bei einer Frau.

Mariella schloss die Tür mit einer ihrer zarten, aber sportlichen Hände, die andere Hand hielt noch immer meine fest. Sie stieß mich zärtlich auf ihr Bett und beugte sich über mich; dann küsste sie mich leidenschaftlich, ihre Zunge steckte tief in meinem Mund. Ich knöpfte langsam und bedächtig die Knopfleiste meiner Bluse auf und ließ sie zaghaft neben mich aufs Bett gleiten. Mariella griff nach der Bluse und warf sie lasziv über ihre Schulter auf den Boden und lachte mich süffisant an. Sie setzte sich auf mich und zog langsam ihren Pullover aus. Sie ließ ihn über ihren sportlichen Körper gleiten, ganz langsam. Das machte mich so sehr an, dass sich mein Verstand völlig verabschiedete, ich wusste nicht, was mich erwartete, ich hatte noch nie Sex mit einer Frau gehabt, und geplant war das hier wahrlich auch nicht, aber anscheinend war Mariella nicht so unerfahren wie ich, und so überließ ich ihr gerne die Führung.

Sie zog ihren BH aus und saß noch immer auf mir, mit den festesten und wohlgeformtesten apfelförmigen Brüsten, die ich je gesehen hatte. Sie waren einfach wunderschön. Mariella war überhaupt wunderschön, einfach perfekt, wohlproportioniert, nicht zu dünn. Perfekt, so wie alles in diesem Moment.

Während ich sie so sehnsüchtig anschaute und ihren Körper bewunderte, stand sie plötzlich auf und verschwand kurz. Ich war leicht irritiert, aber sie kam ein paar Sekunden später zurück und hatte eine Flasche Schokoladensoße in der Hand sowie ein freches Grinsen im Gesicht. Sie öffnete die Flasche geschickt mit einer Hand, und mit der anderen schaffte sie es, fast unbemerkt meine Hose aufzuknöpfen und sie über meine frisch rasierten, butterweichen Beine zu streifen. Ich trug nicht einmal einen Slip, ich lag einfach so im Evakostüm auf dem Bett. Mariella war sichtlich angetörnt von dem Anblick meiner weißen Haut. Ich nahm die Flasche mit der Schokosoße und ließ die feuchte, klebrige, dicke Soße zwischen meinen Brüsten über den Bauch, in den Bauchnabel und bis hin zu meiner Lustmuschel entlangfließen. Mariella begann mich abzulecken, sie leckte so lange an meinen Brüsten, bis die Nippel hart waren, sie biss mich, bis ich nicht mehr nur stöhnte, sondern vor Lust schrie. Aber sie hielt mir ihren Zeigefinger vor den Mund, und signalisierte mir, ich solle mich zurückhalten, wir wollten ja niemanden auf uns aufmerksam machen, immerhin war schon fast Frühstückszeit. Sie stopfte mir förmlich das Maul, indem sie mich innig und tief küsste; wir leckten uns gegenseitig das Gesicht, erotisch, lüstern und gierig. Mariellas Zunge tastete sich weiter in Richtung meiner schokoladengetränkten, feuchten Muschi. Ich hatte nie eine schnellere Zunge an meiner Klitoris gespürt, so kräftig und wild; ich wollte, dass dieses Gefühl nie wieder aufhörte, dieses durchdringende, kribbelnde, wärmende Gefühl, so geil gemacht zu werden, dass ich fast platzen wollte vor Lust und Verlangen nach mehr. Mehr von dieser Frau. Mehr von dieser durchdringenden, intimen Hemmungslosigkeit. Während Mariella weiter an mir schleckte, strich ich mit meinen Händen durch ihr kräftiges langes braunes Haar, benutzte es wie Zügel, riss ihr Gesicht an meines und knutschte sie nach allen Regeln der Verführungskunst. Ich hatte förmlich Blut geleckt und wollte, dass dieses Erlebnis nie aufhörte.

Wir veränderten ständig unsere Position, wälzten uns lustvoll in Mariellas Bett, blieben dann aber in der 69er und leckten uns gegenseitig und stöhnten dabei wie verrückt. Mariella war ebenfalls frisch rasiert, und sie hatte eine wunderschöne Lusthöhle, und es war so geil, sie zu lecken, bis es Mariella am ganzen Körper genauso kribbelte und durchfuhr wie mich. Wir kamen beide gleichzeitig, es war ein Feuerwerk der Gefühle, wir zuckten vor Adrenalin, spürten Lust in jeder Faser unserer Körper. Wir schrien und jauchzten, und es war egal, wer uns hören konnte, wir mussten diesem Gefühl einfach seinen Weg nach draußen bahnen.

Völlig beglückt von dem Hormonbad und der totalen Reizüberflutung, sanken wir zurück in die Kissen und Decken und leckten uns die Reste der Schokosoße von den erhitzten Körpern. War *das* eine Explosion!

Wir blieben Arm in Arm liegen und schliefen ohne weitere Worte zu wechseln gemeinsam ein. Ich hätte nie vermutet, dass ich einmal Sex mit einer Frau haben würde, hätte nie vermutet, dass mich das so wahnsinnig anmachen könnte und dass ich zu solch intensiven orgasmischen Gefühlen überhaupt in der Lage war. Aber es war eine höchst erotische und geile Erfahrung. Die Berge sind mein persönliches Paradies, so viel steht fest.

Maskenball

Der Parkplatz war schon voll, nur mit Mühe fanden Peter und Maja eine Lücke für ihren silbergrauen SLK. Beide waren spürbar aufgeregt, das Gespräch war lange verstummt. Maja hatte ein wenig Lampenfieber, sie fühlte sich wie vor einer Prüfung, auf die sie schlecht vorbereitet war. Was würde sie in den nächsten Stunden erleben?

Das dezente Messingschild an der Tür des etwas abseits der Straße gelegenen Landhauses verriet den Namen eines exklusiven Swinger-Clubs. Die Initiative ging von Peter aus, er hatte Maja gebeichtet, schon immer davon geträumt zu haben, einen solchen Club zu besuchen. Maja war ein wenig skeptisch, aber die Neugier siegte – und so hatte sich das Paar für diesen Club entschieden.

Das Besondere hier war, dass die Gäste, sobald sie umgezogen waren, mit venezianischen Karnevalsmasken ausgestattet waren, so dass man nicht genau erkennen konnte, wer sich dahinter verbarg. So war immer ein wenig Phantasie mit im Spiel. Es war keine Pflicht, aber die meisten Paare kamen gerade wegen des Reizes der Maskierung hierhin.

Peter und Maja stiegen aus dem Auto und gingen zum Haus. Ein livrierter Butler öffnete ihnen die Tür und geleitete sie hinein. Peter und Maja sahen sich um und staunten.

Ein großer Saal mit Tanzfläche und Bars lag vor ihnen, verspiegelt und in Rot-Schwarz gehalten. Eine mit rotem Teppich ausgelegte Treppe führte nach oben und nach unten. Kleine Messingschilder wiesen den Weg zu den Whirlpools und zu verschiedenen Räumen, in die man sich zurückziehen konnte.

»Wow.« meinte Peter, dem es die Sprache verschlug. Auch Maja war fasziniert. Sie sah sich um. Es waren schon viele Paare da, die meisten in ihrem Alter. Und sie sahen alle extrem gut aus. Maja wurde immer aufgeregter vor Vorfreude, es war die richtige Entscheidung, hierherzukommen, um ihrer Beziehung neuen Schwung zu geben. Beide gingen an die Bar und stießen mit Prosecco auf ihr gemeinsames Abenteuer an. Ein anderes Pärchen kam auf sie zu. Er war blond, groß, und man konnte durch seinen Anzug den muskulösen Oberkörper erkennen. »Na, auch schon in Stimmung? Vorfreude ist doch die schönste Freude, oder?«, meinte er lachend. Seine Begleiterin grinste schelmisch. Sie hatte wunderschöne, lange schwarze Haare und gebräunte Haut. Peter war nicht abgeneigt, diese Frau nachher wiederzusehen, sobald sie das rote lange Kleid abgelegt hatte. Er zog sie schon jetzt mit seinen Augen aus und stellte sich ihr Temperament vor. Doch schon kam das Signal, sich jetzt umzuziehen. »Vielleicht erkennen wir uns gleich wieder …«, meinte die schöne Schwarzhaarige und verschwand. Maja sah Peter tief in die Augen. »Viel Spaß«, hauchte sie und ging ebenfalls. »Bis später«, sagte Peter.

Maja trat aus der Umkleide. Sie trug eine Maske und ihr extra für diesen Anlass gekauftes Outfit. Sexy Dessous und Highheels. Sanft strich sie sich über den Bauch und betrachtete sich im Spiegel. Schön sah sie aus, die kleine Neuigkeit machte viel aus. Sie sah sich um. Die Frauen trugen fast alle Highheels und sexy Dessous, manche Strümpfe und Strapse. Die Männer waren da abwechslungsreicher. Manche trugen Boxershorts, andere hautenge kleine Slips oder Strings. Viele hatten sich eingeölt, so dass ihre muskulösen Körper verführerisch glänzten. »Auf ins Vergnügen!«, sagte Maja zu sich selbst und merkte schon, wie sie beim Anblick der vielen schönen, halbnackten Körper feucht wurde.

Peter stand inmitten der Tanzfläche und war ebenfalls überwältigt von den Eindrücken, die auf ihn niederprasselten. Die Musik war laut und angenehm, ein langsamer Rhythmus. Die Frauen um ihn herum tanzten und schwangen ihre Hüften im Takt, sie genossen sich sichtlich selbst, ihre schönen Körper in der schönen Wäsche. Die Bewegungen waren fließend, Peter fügte sich in den Tanz ein, denn es war ein einziges großes Kunstwerk, das die vielen Körper bildeten. Aus dem Augenwinkel sah er die Ersten in Richtung der Treppen verschwinden. Männer, die eine Frau mit sich zogen, Männer, die von mehreren

Frauen weggeführt wurden, und ganze Grüppchen, die lachend die Treppe hinunterhuschten.

Eine schöne Frau, die bislang am Rande der Tanzfläche gestanden und zugeguckt hatte, kam auf Peter zu. Sie hatte eine schlanke Figur und trug nachtblaue Wäsche. Ihre kleinen Brustwarzen schimmerten durch den dünnen Stoff. »Lust, mit nach oben zu kommen? Dort ist es gemütlicher«, flüsterte sie Peter zu, der nicht recht wusste, wie ihm geschah, sondern ihr wie in Trance die Treppe hinauf folgte.

Sie führte ihn in ein großes Zimmer, in dem verschiedene Betten, Sofas und Sessel standen. Ein großes rundes Bett in der Mitte war noch frei. »Da würde es mir gefallen.« sagte Peter und deutete auf das Bett. Sie ging mit ihm dorthin. Er wollte sie sofort anfassen und ausziehen, doch sie hielt ihn ab. »Lass mich das machen, leg du dich schon mal hin …«, flüsterte sie. Er setzte sich auf die Bettkante. Die Frau blieb vor ihm stehen und zog sich langsam ihren BH aus, wundervolle, feste Brüste kamen zum Vorschein. »Warte …«, flüsterte sie wieder und hielt Peters Hände zurück, die gierig nach ihr greifen wollten. Peter wartete, während sie langsam ihre Hüften bewegte und sich, ihm mit dem Rücken zugewandt, ihr Höschen auszog.

Sie drehte sich wieder um, eine Hand lag auf dem Dreieck zwischen ihren Beinen. Sie hielt sie kurz da, dann zog sie sie zur Seite. Ein feiner Streifen Haare zierte ihre Scham. Über der linken Hüfte hatte sie ein Tattoo, ein Symbol von umschlungenen Ranken. Peter strich sanft darüber. »Wie schön ...«, meinte er träumerisch. Sie nahm seine Hand und führte sie an ihre Brüste. Es freute sie, dass ihm ihr Tattoo gefiel. »Mach die Augen zu und halte sie geschlossen«, flüsterte sie. Peter schloss die Augen und ließ sich zurückfallen, sie beugte sich über ihn und kletterte mit auf das Bett.

Sie führte ihre Hände an seinem Oberkörper entlang und zog ihm die Hose aus. Sein Glied wuchs an, als sie es in die Hand nahm. Sie beugte sich über ihn und schob seine Maske zur Seite, um ihn zu küssen. Dabei kam ein kleiner Pigmentfleck zum Vorschein. Sie lächelte. Sie küsste ihn weiter, erst auf den Mund, was er leidenschaftlich erwiderte, dann hinunter den Hals entlang, seine Brustwarzen, seinen Bauchnabel. Sie arbeitete sich noch etwas tiefer vor und hielt kurz inne, bevor sie sich seinem besten Stück widmete. Sie schaute sich um. Die Paare um sie herum vergnügten sich sichtlich, viele aber schauten dabei auch zu ihnen herüber. Sie genoss es, beobachtet zu werden, zu sehen, wie nur der Anblick, wie sie den schönen Mann vor sich verwöhnte, andere Männer und Frauen anmachte. Die Geilheit um sie herum wirkte wieder auf sie zurück, es war ein gegenseitiges Spiel der Lust.

Mit geschlossenen Augen, sich ganz auf das schöne aufgerichtete Prachtwerk konzentrierend, machte sie weiter. Sie rückte etwas zurück und leckte sanft mit ihrer Zunge um ihn rum und längs entlang. Dann nahm sie ihn in die Hand und küsste zärtlich die Spitze, die sich ihr nun mehr und mehr entgegenstreckte. Sie nahm ihn ganz in den Mund, saugte ein wenig und spielte mit ihrer Zunge. Peter stöhnte vor Lust auf. Er gab sich ganz seinem Empfinden hin, das durch die geschlossenen Augen noch verstärkt wurde. Er wusste, was um ihn herum geschah, auch ohne dass er es sah. »Das ist so gut …«, stöhnte er wieder und wieder. Sie genoss seine Lust und wurde feuchter und feuchter, während sie seinen nun steifen kleinen Freund mit ihrem Mund verwöhnte.

»Das ist so geil, so soll es immer weitergehen …«, meinte er, aber sie hörte plötzlich auf und bewegte sich. »Komm doch bitte in mich hinein, ich bin schon so nass, dass ich überfließe«, bat sie und küsste ihn. »Halt die Augen weiter geschlossen«, fügte sie hinzu. Sie hockte sich über ihn, nahm sein Gerät in die Hand und führte es zunächst an ihrer empfindlichsten Stelle vorbei. Auf und ab, auf und ab. Dann führte sie es sanft an den Eingang ihrer Lustgrotte. Seine Spitze tauchte langsam ab, sie spürte das Pochen in sich. »Komm nur rein«, neckte sie, und er schob sich langsam, ganz langsam in seiner vollen Größe in sie hinein. »Ohhh«, stöhnte sie. »Das fühlt sich gut an. Ich fühle mich so ausgefüllt.« Er stieß sanft in sie hinein und gab sich ganz dem Genuss ihrer feuchten, engen Höhle hin. Gleichzeitig massierte er ihre Brüste und zog leicht an ihren Brustwarzen. Er umfasste sie mit seinen Händen. Sie legte sich auf ihn, bewegte ihre Hüften gierig auf und ab. Er spürte jeden Zentimeter ihres hungrigen Körpers. In seinem Kopf gab es nur ihn und sie, ineinander, eins. Alles drum herum wurde ausgeblendet, es gab nur noch Lust. Erfüllte Lust. Auch sie genoss einfach nur ihre Lust, gab sich ihr hundertprozentig hin. Sie spürte seinen Atem. Er stöhnte. »Du machst das so gut … Das ist das, was ich brauche … jaaa …« Sie flüsterte ihm zu: »Streichle mich. Du weißt schon, wo. Gib mir deine Hand.« Sie stützte sich mit dem rechten Arm neben ihm ab und führte seine Hand nach unten. Er massierte sie sanft mit seinem Mittelfinger. Ihre Atemzüge wurden schneller, langsam erklomm sie den Gipfel der Lust. Sie spürte ihn tief und intensiv in sich, bewegte sich rhythmisch seinem Glied und seiner Hand entgegen. »Ah, jaaa …«, stöhnte sie leise, und im gleichen Moment überkamen ihren ganzen Körper wohlige Schauer. Sie vibrierte förmlich. Er spürte ihre Muskeln zucken, sie wurde immer enger. Er merkte, wie auch sein Orgasmus sich ankündigte. Sie hob ihr Becken und nahm sein bestes Stück in die Hand. »Spritz mir auf den Busen. Das macht mich so geil …«, raunte sie im zu. Schon ergoss er sich über ihre straffen Brüste. »Ohhhh«, stöhnte er laut auf.

Es war ein unglaublicher Orgasmus. Jetzt wollte er sein Sperma auf ihren schönen Brüsten auch sehen. Wollte ihren Körper sehen, den er heiß und feucht spürte. »Darf ich die Augen wieder öffnen?«, fragte er neckisch. »Warte, noch einen Moment«, flüsterte sie und schob sanft seine Maske zur Seite. Sie wollte sein Gesicht sehen. Dann demaskierte sie sich selbst. Peter öffnete die Augen. »Maja«, rief er überrascht.

Wasserspiele

Es war ein kalter, regnerischer Donnerstag. Sturmböen ließen das Laub auf der Straße tanzen und wehten meine Haare durcheinander. Es war achtzehn Uhr. Ich stieg die zugige Treppe hinunter und nahm eine überfüllte U-Bahn nach Hause. Ein anstrengender Tag in der Agentur lag hinter mir, und ein noch schlimmerer Abend lag vor mir – Abendessen mit der Familie. Dafür war ich heute gar nicht in der Stimmung. Mir war nur noch nach Ruhe und Erholung. Zu Hause angekommen, ließ ich meine Tasche und meinen Mantel fallen und zog die Schuhe aus. In zwei Stunden würde ich erleben, wie meine Schwester der Familie ihren neuen Freund vorstellte. Diesmal handelte es sich um eine Bekanntschaft aus ihrem Amerika-Aufenthalt, sozusagen um einen Import, den sie mitgenommen hatte.

Meine Schwester schockierte unsere Eltern in regelmäßigen Abständen mit immer neuen Heiratskandidaten. Nina und ich waren so verschieden wie Tag und Nacht. Während ich das Leben nahm, wie es kam, und stets im Hier und Jetzt auf meinen Spaß und Genuss aus war, hatte sie sich einen festen Plan zurechtgelegt, der beinhaltete, dass sie innerhalb der nächsten zwei Jahre unter die Haube kam. Natürlich mit Mr. Right persönlich, den sie stets suchte und immer wieder neu definierte. In den letzten drei Monaten waren es schon fünf Herren gewesen, die jedoch alle nach relativ kurzer Zeit die Flucht vor meiner Schwester ergriffen hatten. Man durfte gespannt sein, wen Nina sich nun auserkoren hatte. Nach Jonas, dem Architekten mit den blauen Haaren, Daniel, dem Theologie-Studenten, und Robert, der nur drei Jahre jünger war als unser Vater, standen alle Möglichkeiten offen.

Ich nahm mir ein Glas Orangensaft, setzte mich auf die Couch und schaltete den Fernseher ein. Schließlich hatte ich noch etwas Zeit für ein wenig Entspannung. Auf einem Musiksender liefen Videoclips, in denen halbnackte Sängerinnen und Sänger lasziv tanzten. Das gefiel mir. Der Ärger vom Tag und der Gedanke an das bevorstehende Familientreffen verflüchtigten sich.

Während ich meinen Pullover und meine Hose auszog, tanzte und sang ich mit. Die heißen Ladys machten nicht nur die Männer im Clip an, sondern verfehlten auch nicht ihre Wirkung auf mich. Ich tanzte in meinem Wohnzimmer herum und flirtete mit dem Bildschirm, während ich mich weiter meiner Klamotten entledigte. Die Socken flogen quer durchs Zimmer, und ich drehte den Ton lauter. Dann lief ich hüftschwingend durch die Wohnung und schleppte frische Handtücher ins Badezimmer. Hier hörte ich die Musik nicht mehr, aber die Melodie klang mir noch im Ohr, und ich war bester Laune.

Ich zog nun auch meinen BH und meinen Slip aus und stieg hinter den transparenten Vorhang in die Dusche. Mit einem Seitenblick und einem Nicken begrüßte ich meinen kleinen blauen Freund Dolly Dolphin, der mich keck anzugrinsen schien. Ich warf ihm und meinem Spiegelbild einen Kuss zu und zwinkerte mit den Augen. Ich bekam immer mehr Lust. Langsam drehte ich den Wasserhahn auf und wartete, bis die Temperatur angenehm war, dann stellte ich mich unter die Brause.

Das warme Wasser umhüllte mich wie ein wohliger Kokon. Sanft strich ich über meine Brüste und fing an, an meinen aufgerichteten Knospen zu spielen. Das Duschgel, mit dem ich mich eincremte, verströmte einen betörenden Duft und ein wohliges weiches Gefühl auf der Haut. Ich umfasste und umarmte mich selbst und verteilte den Schaum überall. Die warmen Wasserperlen, die auf mich herabregneten, streichelten zunächst ganz zart meinen Körper, bis ich den Hahn weiter aufdrehte. Nun massierten mich die vielen kleinen Wasserstrahlen im Nacken. Es war ein sehr angenehmes, wohltuendes Gefühl. Mein kleiner Freund stand immer noch auf dem Schränkchen, ich sah zu ihm herüber. Er stand regungslos und unschuldig da und sah dabei so niedlich und gleichzeitig verführerisch aus. Ich wurde nun richtig scharf. Langsam strich ich mit meiner rechten Hand meinen Bauch abwärts, bis hinunter über meinen Venushügel. Mit einem Finger tastete ich mich weiter vorwärts, bis zu der weichen Öffnung. Kurz schob ich den Finger hinein, dann nahm ich die Hand wieder weg. Ich nahm mir nun Dolly, drehte den Knopf und strich mit ihm über meine erregten Brüste und abwärts. Seine geschwungene Nase bewegte sich forsch weiter und verwöhnte mich nun klitoral. Das warme Wasser von oben und die heißen Berührungen meines Kitzlers vermischten sich zu einer einzigen, wohligen Stimulation.

Unter der Dusche ist es einfach besonders schön, Lust an sich selbst zu haben. Mein blauer spritzwassergeschützter Freund tat sein Bestes und beglückte mich mit seinen nimmermüden Bewegungen. Ich warf den Kopf leicht zurück und ließ das Wasser auf meinen Kopf plätschern und auf meine Brüste spritzen, während meine Muskeln sich entspannten und ich mich öffnete, um Dolly bald in mir aufzunehmen. Es war ein wunderbares Gefühl. Ich drehte den Regler etwas höher und genoss die Vibrationen. Nun konnte ich mich kaum noch beherrschen. Ich griff nach dem Fläschchen Toyfluid, das neben Dolly seinen Platz hatte. Der Tropfen, den ich zwischen meinen Beinen verteilte, reichte aus. Fast von selbst fand mein wendiger Delphin seinen Weg in mich hinein. Ich stöhnte leise, als er in mich eintauchte. Ich war gierig nach ihm, ging leicht in die Knie und streckte mich ihm entgegen. Ich schob ihn tief in mich hinein, immer nur ein kleines Stückchen, bis er mich ganz ausfüllte. Seine ganze Pracht war nun in meiner Vagina verschwunden, nur der lustige Knopf guckte noch heraus. Ich lehnte mich mit dem Rücken an die Fliesen, drehte die Vibrationen noch etwas schneller und genoss die Erregung, die sie mir bereiteten. So könnte es stundenlang weitergehen, war mein einziger Gedanke. Mir wurde wärmer und wärmer. Ich nahm das Ende des Vibrators nun fest in die linke Hand und stieß ihn immer wieder vor und zurück, bis seine Spitze meinen G-Punkt gefunden hatte. Ich war mit jeder Faser meines Körpers auf Lust eingestellt. Mit meiner freien Hand kniff ich mir in die Brust und bewegte mein Becken langsam nach vorn. Die Vibrationen tobten in meinem Inneren, ich atmete schneller und schneller. Immer wieder stimulierte Dolly's Nase meinen empfindlichsten Punkt, bis ich unter leisem Stöhnen kam. Mein Orgasmus war unglaublich intensiv, minutenlang stand ich noch leicht gebeugt unter der Dusche. Dann stellte ich Dolly wieder auf seinen Stammplatz zurück, kletterte aus der Dusche und trocknete mich ab. Ein Blick auf die Uhr schreckte mich auf – ich hatte vor lauter Lust an mir selbst und meinem kleinen Spielzeug völlig die Zeit vergessen! Nun musste ich mich aber beeilen.

Nachdem ich mich in Windeseile angezogen und fertiggemacht hatte – man soll bei kaltem Wetter nicht mit nassen Haaren rausgehen! –, kam ich ziemlich verspätet in dem kleinen italienischen Restaurant an, wo die ganze Familie schon beisammensaß. Mutter, Vater, Nina und ihr Neuer.

Ich schritt zielstrebig auf sie zu und begrüßte meine Verwandten. Bevor Nina mir ihren Begleiter vorstellte – einen diesmal erstaunlicherweise seriös aussehenden Herrn in stylischer Jeans und Hemd, der mich sympathisch anlächelte, musterte sie mich und fiel direkt mit Anschuldigungen über mich her: »Wo bleibst du denn? Wir warten seit einer halben Stunde! Ich habe Hunger!«, und fügte mit blitzenden Augen hinzu: »Wohl noch ein Date mit einem Liebhaber gehabt, was?«

Ich grinste bei dem Gedanken an meinen kleinen blauen Freund und verkniff mir eine Antwort.

Carpe noctem

Außer dem entfernten Ruf eines Käuzchens war kein Laut zu hören. Die Nacht war dunkel, und die alte Klosterruine warf unheimliche Schatten im spärlichen Licht des Mondes. Er hatte sie gerufen, hatte sie auf unerklärbare Weise hierhergetrieben. Schon früher hatten seine Rufe sie gelockt, Rufe, die niemand außer ihr zu hören schien. Aber hörte sie sie wirklich? War es nicht eher ein Gefühl, eine Ahnung?

Wie in Trance hatte Aleana ihren schwarzen Umhang übergestreift. Der Umhang war alles, was sie trug. Bodenlang bedeckte er ihren schlanken, blassen Körper. Ihr rotes Haar floss wie flüssiges Kupfer über ihren Rücken. Der steinige Boden drückte sich in ihre Fußsohlen, und sie spürte ganz deutlich, dass sie nicht allein war. Er musste ganz in der Nähe sein. Er, das war Adrian. Er hatte sich mehr als einmal in ihre Träume geschlichen und sie seinen Namen wissen lassen.

Adrian!

Sie fühlte sich wie von tausend Augen beobachtet, aber sie spürte keine Angst. Alles in ihr prickelte, als wären es tausend Hände auf ihrer Haut. Schauer liefen ihr über den Rücken, als sie warmen Atem an ihrem Hals spürte und kalte Hände ihr Haar zur Seite schoben. Bebend ließ sie sich nach hinten fallen und wurde von starken Armen sanft aufgefangen. Als er sie tiefer in die Ruine trug, sah sie zum ersten Mal sein Gesicht und war im gleichen Augenblick gefangen von seiner unfassbaren Schönheit. Er schien alterslos zu sein, und seine helle Haut schimmerte silberner als das Mondlicht, was von seinem blutroten, altmodischen Hemd und den engen schwarzen Hosen noch unterstrichen wurde.

Das große Holzkreuz in der alten Kapelle war von Kerzen umgeben. Am Boden, auf den Mauerresten und dem verwitterten Steinaltar brannten sie und ließen all das noch unwirklicher erscheinen. Er trug sie mitten in das Kerzenmeer, setzte sie ab und sah sie zum ersten Mal wirklich an. Aleana erschrak, als sie seine hellblauen, fast weißen Augen sah, die sie so intensiv anschauten, dass sie das Gefühl hatte, er sähe bis in die tiefsten Tiefen ihrer Seele. Während sie noch wie hypnotisiert in seine Augen starrte, öffnete er ihren Umhang, streifte ihn von ihren Schultern und drängte sie mit seinem Leib sanft gegen das Holz. Seine Hände umfassten ihre und drückten sie nach oben, gegen den Querbalken des einstigen Symbols kirchlicher Macht.

Als sich schwere, rostige Eisenbeschläge um ihre Handgelenke schlossen, durchlief sie ein ängstlicher, erregender Schauer.

An ihren Unterschenkeln fühlte sie Hände, die aus

der Dunkelheit zu kommen schienen. Sie zerrten ihre Beine auseinander, bis sie breitbeinig und zur Bewegungslosigkeit verdammt dastand und sich abermals Eisenfesseln schlossen, diesmal um ihre Fußgelenke. Noch bevor ihr die Unbequemlichkeit ihrer Lage richtig bewusst wurde, kippte das Kreuz leicht nach hinten, so dass das Gewicht ihres Körpers nicht mehr allein auf den schneidenden Fesseln ruhte.

Sie begann leicht zu zittern, aber ob das Gefühl, das dieses Zittern auslöste nun Angst oder Erregung war, vermochte sie nicht zu bestimmen. Im warmen Kerzenschein sah sie, wie andere sich hinter IHM versammelten, der jetzt neben ihr stand. Er sah sich zu ihnen um, und als er siegessicher lächelte, entblößte er seine langen, weißen Eckzähne.

Zwei der Männer lösten sich jetzt aus der kleinen Gruppe, in der alle in schwarze Kutten gehüllt waren und große Kapuzen trugen, die weit ins Gesicht reichten, und traten hinter das Kreuz. Während Adrian sich über Aleana beugte, bildeten seine Männer einen Kreis um ihn, die beiden anderen und die gekreuzigte Frau und begannen mit einem leisen, murmelnden Singsang.

Während Adrian begann, sein Opfer mit allen Sinnen wahrzunehmen, zu fühlen, zu schmecken und zu riechen, griffen seine beiden Gefolgsleute hinter Aleana zu zwei großen Kerzen. Adrian ließ von ihr ab, und während sie noch versuchte, ihr Zittern in den Griff zu bekommen, tropfte heißes, flüssiges Wachs über die sanfte Wölbung ihre Brüste. Sie stöhnte auf, und die Hitze und Geschmeidigkeit des Wachses ließ ihre Nippel hart werden. Strahlende Wärme breitete sich nun in ihrem Körper aus, und die erotische Kraft dieses Szenarios ergriff sie mit ganzer Macht.

Adrian betrachtete sie und ergötzte sich am Anblick ihrer wachsbefleckten Brüste. Seine beiden Helfer ließen das Wachs nun auch über ihren Bauch tropfen. Immer tiefer hielten sie dabei die Kerzen, so dass die Hitze des Wachses ins Unerträgliche stieg und Aleana immer lauter stöhnte. Der Singsang schwoll langsam an, Adrian riss sich sein Hemd vom Leib, trat dann vor sie und kniete zwischen ihren Schenkeln nieder. Mit einem lüsternen Brummen vergrub er seinen Kopf zwischen ihren Beinen und sog den Duft ihrer Weiblichkeit tief ein. Sie keuchte und bewegte ihr Becken rhythmisch, lud ihn ein, ihre Lust noch stärker zu entfachen. Er packte ihre Schenkel und ließ seine Zunge langsam durch ihre feuchte Spalte gleiten. Sie keuchte und beugte sich ihm immer mehr entgegen. Sie riss an ihren Handfesseln und wollte ihm noch näher sein. Aber der schöne Vampir wollte ihr nicht geben, was sie wollte. Nur langsam und zart leckte er sie und steigerte ihre Geilheit so bis ins Absolute.

Die beiden Männer mit den Kerzen ließen das Wachs nun über ihre Schenkel tropfen. Adrian machte Platz, und als das Wachs auf die empfindlichen Innenseiten von Aleanas Oberschenkel lief, schrie sie auf vor Schmerz. Adrian platzierte sich neben ihr und zog ihre Schamlippen auseinander, so dass ihr Lustzentrum vollkommen frei vor ihm lag. Er versperrte ihr die Sicht, so dass sie nicht sah, dass er sich jetzt eine der Kerzen geben ließ. Sie spürte nur den unfassbar heißen, unerträglichen Schmerz, als das Wachs auf ihre Möse tropfte. Wild vor Schmerz und Lust, warf sie ihren Kopf hin und her. Der Schwanz des Vampirs drückte nun hart gegen seine Hosen, und er geilte sich an ihren Schmerzen auf. Seine beiden Helfer zogen sich jetzt zurück und überließen Aleana ganz ihrem Anführer.

Der eiskalte Schönling stand jetzt vor ihr und lehnte sich an sie. Fest presste er seinen Schoß gegen ihren, und das kantige Holz des Kreuzes schnitt schmerzhaft in die Haut ihres Rückens. Er war ihr ganz nah, und erst jetzt nahm sie seine Zähne wahr. Hysterisch begann sie zu schreien, aber Adrian packte sie an den Haaren, presste ihr seine Lippen auf den Mund und erstickte ihren Schrei. Ihr Widerstand ließ nach, und als sie wieder ruhiger war, warf er mit einem irren Lachen seinen Kopf in den Nacken. Der Singsang schwoll abermals an, er riss an den langen roten Haaren ihren Kopf zur Seite und schlug ihr seine Zähne in den Hals. Gierig saugte er das Blut aus ihr, spürte, wie Kraft und Energie ihn durchströmten. Aber schon bald ließ er wieder von ihr ab. Er wollte sie nicht töten, er wollte sie zu seiner Gefährtin machen.

Aleana war benommen von dem Blutverlust, als zwei der Gefolgsleute sie vom Kreuz abnahmen. Bevor sie am Fuße des hölzernen Mahnmals zusammenbrach, fing Adrian sie auf. Er küsste sie leidenschaftlich, legte sie vor den Altar und streifte seine engen Hosen ab. Völlig von der Welt entrückt, war sie bereit ihn zu empfangen. Sie spreizte ihre Beine, er legte sich auf sie, stieß ihr seinen harten Schwanz in die triefend nasse Fotze. Er war so tief in ihr, dass es ihr den Atem nahm. Die immer noch um sie stehenden Vampire ließen nun ihre Kapuzen nach hinten rutschen, rissen ihre Hände gen Himmel und wurden immer lauter, so dass Aleanas Lustschreie fast untergingen. Adrian stieß immer heftiger in ihre Möse, und schon spürte sie, dass der Höhepunkt ihrer Lust nicht mehr fern war. Er keuchte und fickte sie immer schneller, und als er sich mit einem lauten Siegesschrei in sie ergoss, begruben auch sie die Wellen des Orgasmus unter sich. Die Kerzen loderten auf, und es war mit einem Mal fast taghell, bevor sie vollkommen erloschen und absolute Dunkelheit sie umschloss.

Bus ins Glück

Es hörte einfach nicht auf zu regnen, es goss aus Kübeln, seit Wochen, nein Monaten! Es war Anfang August, unser Semester würde bald beginnen, und wir hatten uns den Sommer schlicht und ergreifend ganz anders vorgestellt.

Mit *wir* meine ich meine Freundinnen Anna, Mareike, Luise und meine Wenigkeit. Wir kannten uns schon aus Kindergartenzeiten. Waren durch dick und dünn marschiert, durch die schweren Pubertätsjahre, hatten gemeinsam unseren ersten Liebeskummer durchlitten, uns von allen Jungs dieser Welt abgeschworen, hatten alle mehr oder weniger schlecht das Abi bestanden, na ja, nicht ganz – bis auf Mareike, sie hatte mit schamloser Leichtigkeit ihren Numerus clausus für ihr heißersehntes Medizinstudium mit Bravour erreicht, und nun saßen wir da in unserem Kleinstadt-Muff irgendwo zwischen Taunus und Odenwald und sahen unsere so heißersehnte Auszeit zwischen endlosen Lernjahren im Gymnasium und dem neuen Lebensabschnitt draußen in der großen weiten Welt regelrecht davonschwimmen.

Wir wussten, es würde unser letzter gemeinsamer

Sommer sein. Anna würde für ein Jahr nach Australien verreisen. Sie hatte seit Ewigkeiten diesen Traum und zu allem Glück auch noch eine Großtante in der Nähe des Great Barrier Reefs, und für Anna würde es keine Schwierigkeit sein, auch dort irgendwo einen Job zu finden, um sich für ein Jahr über Wasser halten zu können. Sie war eine Lebenskünstlerin und hatte auch noch keinen Schimmer, mit was sie in Lichtjahren entfernt einmal ihre Brötchen verdienen sollte. Luise war da ganz anderer Natur. Sie wanderte auf den Pfaden ihres Vaters und wollte unbedingt Landschaftsarchitektin werden. Soweit ich wusste, hieß das, irgendwelche Golfplätze anzulegen und mit Bäumchen zu bepflanzen. Zumindest war ihre Zukunft gesichert, denn ihr Vater führte ein gutgehendes Architekturbüro, und die Golfplätze schienen ja auch wie Pilze aus dem Boden zu sprießen.

Und was mich anging, so sah es insgesamt doch etwas trüber aus. Wie Anna hatte ich wenig Schimmer, was aus mir werden sollte, hatte das Abi mit Ach und Krach bestanden und mich in Regensburg als BWL-Studentin einschreiben lassen. Außerdem gab es keine Großtante in Australien, und im Gegensatz zu Mareikes innigstem Wunsch, einmal Kinderärztin zu werden, sah ich mich schon in irgendeinem mittelständischen Betrieb mit einem Miesepeter als Chef im Büro versauern.

Der Blick aus dem Fenster gab mir den Rest. Keine Chance, mit den Mädels noch an irgendwelchen Baggerseen bei lustigen Grillabenden mit duften Typen abzurocken, und die Zukunft sah auch nicht berauschender aus. Aber unsere Weltenbummlerin Anna holte uns aus unserer kollektiven Tristesse heraus. Keine Ahnung, wo sie den alten verrosteten Bus herhatte. Eines Tages stand sie vor unserem Haus, hupte wie verrückt, die anderen Mädels saßen schon drin und winkten mir ungeduldig zu. »Hey! Wir fahren nach Südfrankreich, kommst du mit? Deine Eltern sind doch eh gerade auf Mallorca, pack deinen Rucksack und steig ein. Na mach schon, Jenny, beeil dich, bevor wir hier im Schlamm absaufen!«

Das war Anna, wie sie leibt und lebt. Spontan, positiv, neugierig und vor allen Dingen eines: überdreht und euphorisch!

Es regnete bis Genua. Die Fahrt war alles andere als Urlaub und Erholung. Wir saßen wie auf einer alten Apfelkiste und wurden hin und her geschleudert, außerdem brauchten wir beinahe 24 Stunden, bis wir endlich an der Côte d'Azur ankamen. Doch wie ein Vorhang riss der Himmel tatsächlich kurz vor San Remo auf. Hier wollten wir auch campen. Wir hatten ein kleines Iglu-Zelt dabei, und Anna hatte sich in den Kopf gesetzt, dass wir direkt am Meer schlafen würden, mit aller dazugehörenden Romantik.

Die erste Nacht war nicht sehr idyllisch. Es war eng und noch recht frisch. Das Norditalien-Tief zog seine Krallen bis hin zum Mittelmeer. Zumindest lagen wir im Trockenen, ich erinnere mich noch genau, wie Mareike den Anfang machte und sich an Anna kuschelte; wie zwei kleine Kätzchen krochen die beiden zusammen und schliefen selig ein, während Luise und ich umherrobbten und eine passable Schlafstellung suchten, die es aber in diesem Mini-Zelt einfach nicht gab.

Am nächsten Tag wurden wir alle belohnt. Die Sonne strahlte uns an, und unser Ausflug in unserem Bus nach Monaco wurde ein voller Erfolg. Zumindest, was das Wetter anging. Denn die Stadt war für unseren Geldbeutel leider viel zu teuer. Ich sah zwar tolle Männer in schicken Cabriolets vorbeirauschen, doch sie schienen *mich* nicht zu sehen. Es war einfach ein Sommer zum Abgewöhnen, dachte ich mir, hatte sich denn die ganze Welt gegen mich verschworen?

»Mädels! Was haltet Ihr davon, wenn wir uns ein paar Flaschen Rotwein und Baguette besorgen und uns heute Abend mal so richtig am Strand gehenlassen. Ich meine – irgendwie müssen wir unseren nahenden Abschied doch betrinken. Wenn es hier nicht richtig warm wird, es keine Jungs zum Mitfeiern gibt, dann machen wir das eben unter uns aus!«

Alleine Annas Blick, als sie dies mit ihrem berühmten Augenaufschlag sagte, hätte mich schon zum Nachdenken bringen müssen. Aber nachdem wir wie ein Hühnerhaufen herumhüpften und uns unseren Abend freudestrahlend in allen Farben ausmalten, *wir* gegen den Rest der Welt, war es eine beschlossene Sache: Wir würden einen richtigen Mädels-Abend veranstalten. Und wie!

Es war kalt am Strand. Nach der zweiten Flasche Beaujolais entschieden wir uns für den Bus. Außerdem gab es dort auch gute Musik. Zu besten Chill-out-Sounds erinnerten wir uns dann an alte Schulgeschichten und blöde Typen, die uns verließen, und Mareike begann, sich erneut an Anna zu kuscheln. Luise rockte vor sich hin, bewegte mit geschlossenen Augen ihren Oberkörper, und ich fand, dass sie wunderschön aussah. Was für eine tolle Mädchen-Clique. Niemals würde ich dieses Kleeblatt vergessen. Niemals.

Irgendwann mitten in der Nacht, der Wind pfiff um den Bus und durch die beschlagenen Fensterscheiben, beschlossen wir, die Schlafsäcke aus unserem Zelt zu holen und im Bus zu schlafen. Im Gegensatz zur Nacht davor legten wir nun einen großen Schlafsack auf den Boden des Busses hinter dem Fahrersitz und legten die restlichen drei Schlafsäcke schön verteilt über unsere Körper. Wir hatten außer unseren engen T-Shirts immer noch unsere Jeans an. Natürlich war es Anna, die sich als Erste auszog. Sie hatte herrliche kleine, feste Brüste, von ihren endlos langen Beinen ganz zu schweigen. Mareike schien das Gleiche zu denken, zog sich schnell bis auf ihren Slip aus und kuschelte sich wieder an Anna heran.

»Was die können, können wir schon lange. Komm, Jenny, wir legen uns dazu – vielleicht wird es uns dann wärmer …«

Gesagt, getan, die Musik hatte längst aufgehört zu spielen, als ich eine Hand auf meinem Po spürte; wir lagen alle vier wie Ölsardinen aneinander und begannen unter den Schlafsäcken herumzukichern. »Ich hab eine Idee«, sagte Anna, »jede schließt die Augen, wir ziehen uns alle nackt aus und setzen uns woandershin, und dann müssen wir uns gegenseitig befühlen und erraten, wer es ist.« Was für eine irre Idee; wir zogen uns splitternackt aus und krochen auf den Schlafsäcken im Bus herum, ob mit offenen oder geschlossenen Augen, war völlig egal. Das Spiel war gut. Weil es neu für uns war, das allein zählte.

»Auf los geht's los. Wer zuerst jemanden errät, darf sich eine von uns aussuchen und küssen.« Niemand wagte zu widersprechen. Die ganze Atmosphäre war einfach zu spannend und zu prickelnd. Doch niemand erriet irgendwen. Es war plötzlich sehr still im Bus. Das Rascheln der Schlafsäcke war zu hören, und ich hörte ein leises Schnurren wie von einer Katze. Und wieder eine Hand auf meinem Po. Dann streichelte mich eine andere Hand vorne zwischen meinen Beinen, es war Mareike; ich bewegte mich nicht, strich ihr durchs Haar und versuchte, die Hand auf meinem Po zu erraten. Im Augenwinkel sah ich, wie Anna sich über Luise beugte und sie küsste. Plötzlich lagen die beiden ganz eng umschlungen aufeinander und knutschten sehr heftig. Das erregte mich. Ich schaute zu Mareike, streichelte ihre großen Brüste, kam ihr ganz langsam näher, mit meinem Gesicht an ihre Wange. Der erste Kuss war sehr zärtlich, der zweite noch viel schöner, und wir begannen, uns am ganzen Körper zu berühren. Besonders zärtlich waren die Berührungen zwischen den Oberschenkeln. Sie hatten fast etwas Unschuldiges an sich.

Inzwischen hatte sich Anna eine Etage tiefer bewegt. Ich sah es nur schemenhaft, doch Luise hatte eindeutig ihre Beine gespreizt, und Anna begann, sie unten an ihrer Liebesöffnung zu lecken. Während Anna alle Töne der Lust und des Gefallens von sich gab, waren wir drei immer noch mucksmäuschenstill, so als hielten wir die Luft an. Plötzlich begann Luise zu stöhnen. Zuerst ganz leise, dann beinahe ruckhaft und zügellos, denn Anna schien ihre Zunge zu beherrschen. Während Mareike und ich uns weiterhin streichelten, beobachteten wir nun neugierig, was da bei den beiden abging. Nie zuvor hatte ich so etwas erlebt, geschweige denn gesehen. Es musste ein irres Gefühl sein, mit der Zunge so erregt zu werden. Dann wand sich Luise wie eine Schlange auf ihrem Schlafsack. Ihre langen Beine legten sich um Annas Schultern, die sich immer tiefer gegen Luises Lusttempel drückten. Als Luise endlich in einem einzigen hohen Lustschrei ihren Orgasmus erlebte, drückte sich Mareike fester an mich heran, so als suche sie Schutz, denn auch *sie* wollte jetzt mehr Nähe spüren. Wir begannen, uns heftiger zu küssen. Luise lag völlig erledigt auf ihrem Schlafsack, während Anna sich ziemlich selbstbewusst gegen die Bus-Innenwand drückte, sich dabei leicht aufsetzte und begann, mit drei Fingern zu wichsen. Ich beobachtete sie dabei und wurde mutiger.

Mareike saß ebenfalls mit geöffneten Beinen neben mir, und ich berührte sie mit meinem linken Zeige- und Mittelfinger an ihrer kleinen festen Erbse zwischen ihren großen Schamlippen. Sie war nass, so schön nass, und sie roch verführerisch. Anna beobachtete uns, berührte ihre eigenen Brüste und zog an ihren Brustwarzen. Es erregte sie, wie ich Mareike an ihren Schamlippen berührte; währenddessen griff ich ihr immer fester an die Brüste. Auch ich wurde jetzt richtig geil. Allerdings geil nach einem großen harten Prügel. Anna schien Gedanken lesen zu können, robbte zu uns rüber, und während ich weiter an Mareikes Klitoris rieb, schob sie mir ganze vier Finger in meine Scheide und fuhr damit auf und ab. Ich stöhnte kurz auf und ließ mich nach hinten fallen.

Doch auch Mareike wurde nicht enttäuscht. Luise hatte sich von ihrem Mega-Orgasmus erholt und schien nun das üben zu wollen, was sie selbst so erregt hatte. Sie begann Mareike zu lecken, während Anna mich hart mit ihren Fingern nahm. Gleichzeitig küsste sie mich, doch viel forscher und direkter als Mareike zuvor. Sie griff mir auch hart an die Brüste und zog fest an meinen Brustnippeln. Ich war so überrascht durch diese beinah burschikose Art, dass ich mich sehr schnell gehenließ und auch sogleich laut wurde. Mit Mareike im Takt stöhnten wir unserem Orgasmus entgegen. Ich kam schneller als sie, kürzer jedoch, während Mareike am ganzen Körper bebte, sehr flach atmete, bis auch sie endlich erlöst wurde. Sie schrie ebenfalls spitz auf, ihr Schrei war aber wesentlich lauter als der von Luise und mir.

Am Ende lagen wir alle völlig erschöpft und befriedigt im Bus, während Anna sich genüsslich zwischen Luise und mich legte und begann, sich nochmals selbst zu befriedigen. Was für ein unersättliches Luder! Wir streichelten sie alle sanft bis zu ihrem Orgasmus, küssten sie und kniffen ihr in die Nippel, so wie sie es laut fordernd wünschte.

Als die Sonne am nächsten Morgen frech in unseren Bus schien, lagen wir alle vier noch im Tiefschlaf. Ich erinnere mich noch genau daran, dass es der erste richtig heiße Sommertag wurde, wir badeten ausgiebig im Mittelmeer, küssten uns dankbar wie unschuldige Kinder im Wasser, und wir alle wussten, dass uns kein Mensch auf der ganzen Welt jemals mehr dieses Erlebnis nehmen würde.

Die Erinnerung hatte sich tief eingebrannt, und obwohl wir vier kurz darauf in alle Himmelsrichtungen verschwanden, erhielten wir über jegliche Distanz und Jahre hinweg unsere Frauenfreundschaft. Und unser Sommergeheimnis.

Rollentausch

»Und bring mir noch eine Tasse Kaffee!«, kommandierte Erik herum, als er die Krankenakte vom Pult nahm und den nächsten Patienten ins Sprechzimmer bat. Tamara nickte, während sie – den Telefonhörer am Ohr – einen Termin in den Plan eintrug, Rezepte ausdruckte und einer Patientin mit einer Handbewegung bedeutete, ins Labor zu gehen und dort auf sie zu warten. Heute war wieder so ein Tag, an dem sie abends nicht mehr wusste, wie sie die ganze Arbeit allein hatte bewältigen können. Während der Arbeitszeit war Erik ein echtes Ekel, hetzte sie durch die Praxis und hielt sie ständig zu höherer Effizienz an. »Das muss schneller gehen«, »Hopp, hopp, die Patienten warten!« und »Wo bleibt die Akte Soundso?« gehörten zum Standardrepertoire, das sie fast täglich zu hören bekam. Tamara goss eine Tasse Kaffee ein, ließ zwei Stücke Zucker hineinfallen und brachte ihn ins Sprechzimmer. Kein Danke hatte er für sie übrig, stattdessen nur einen missmutigen Blick.

Bevor er den letzten Patienten an diesem Abend behandelte, stand er kurz vor dem Aktenschrank neben Tamara. »Es ist wieder Zeit für eine englische Erziehung«, flüsterte sie leise in sein Ohr. Gequält sah er sie an. »Oh ja, mein Lieber. Heute Abend. Ohne Wenn und Aber!«, fügte sie mit fester Stimme hinzu.

Sie konnte es kaum erwarten, die Praxistür, die zum Wohnbereich des Hauses führte, zu schließen. Vor einigen Monaten war sie hier eingezogen, nachdem es ohnehin nicht mehr geheim war, dass sie nicht nur seine Sprechstundenhilfe war, sondern auch seine Geliebte. Ab und an fragte eine ältere Patientin mit einem mitleidigen Blick, ob er, der Herr Doktor, auch sonst so herrisch war, worauf sie nur gleichgültig mit den Schultern zuckte. Von der anderen Seite ihrer Beziehung sollte besser niemand etwas erfahren …

Nachdem Erik das letzte Rezept ausgestellt und seinen weißen Kittel an die Garderobe gehängt hatte, lächelte sie ihn an. Er reagierte nicht darauf, sondern fragte kritisch, ob sie auch die Anforderungszettel fürs Labor fertig hätte, die Proben im Kühlschrank seien und der Anrufbeantworter eingeschaltet. Sie nickte.

Als sie die Praxistür schlossen und ihren Privatbereich betraten, fiel sein Blick auf eine Zeitschrift. »Wann bestellst du dieses Käseblatt endlich ab? Das hab ich dir doch schon zigmal aufgetragen!«, meckerte er herum. Sie nahm ihn an die Hand und zog ihn zu einer blauen Tür. Widerwillig ging er mit. Hinter der Tür befand sich eine Treppe, die ins Souterrain führte. Hier befand sich nicht bloß ein normaler Keller, den man vermuten würde, sondern Tamaras Reich, in dem sie die Herrschaft übernahm. Sie schubste Erik in das kleine Zimmerchen auf der linken Seite, während sie selbst das auf der rechten betrat. Hier war ihre Garderobe, ein großer schwarzer Kleiderschrank, ein riesiger goldumrandeter ovaler Spiegel mit einem Schminktisch und eine Kiste mit diversen Accessoires.

Der Raum war ganz in Weinrot gestrichen, das einzige Licht spendeten zwei neben dem Spiegel angebrachte Kerzenlampen. Tamara öffnete den Schrank und besah sich ihre Kollektion heißer Outfits. Heute entschied sie sich für einen nietenbesetzten Leder-BH und ein passendes Höschen, dazu Armstulpen, Strapse und kniehohe Stiefel. Ihre schwarzen kinnlangen Haare kämmte sie im Zickzack nach links und rechts und fixierte sie mit Gel. Dann wandte sie sich ihrem Gesicht zu. Die Augen wurden schwarz umrandet, die Lippen mit blutrotem Lippenstift geschminkt.

Tamara suchte zwei, drei Dinge aus ihrer Kiste aus, packte sie in einen kleinen schwarzen Koffer und verließ das Zimmer. Erik erwartete sie bereits nackt in ihrem Spielzimmer. Dieses war ein fensterloser Raum, von diffusem Licht erhellt und spärlich mit extravaganten Gegenständen möbliert. Tamara griff nach einer Peitsche, die in einer Ecke stand. »Auf die Knie!«, befahl sie. »Für deine Unartigkeit musst du bestraft werden. Ich werde dich Gehorsam lehren«, sagte sie.

Erik kniete nieder. Normalerweise überragte er sie um einen Kopf, jetzt blickte er zu ihr hinauf. Tamara ging langsam um ihn herum, ließ ihn im Ungewissen, wann und wie sie loslegen würde. Der erste Peitschenhieb knallte unerwartet und heftig gegen seinen Hintern. Es klatschte laut. Sie kitzelte ihn mit den Riemen, indem sie sie über seinen Körper gleiten ließ, bevor sie leicht auf seinen Schwanz schlug. »Du musst noch viel lernen«, meinte sie streng.

Wieder ließ sie die Peitsche knallen. Erik sah sie mit schmerzverzerrtem Gesicht an, sein Ton wurde flehentlich. »Bitte nicht so fest, hab Gnade mit mir!« Tamaras Lächeln erreichte ihre Augen nicht. »Wie kannst du es wagen, um Gnade zu bitten, nachdem du so unartig warst?!«, fuhr sie ihn an. »Zeige mir, dass du Gehorsam gelernt hast, sonst sind weitere Maßnahmen notwendig!« Sie drehte weiter ihre Kreise um ihn, kitzelte ihn mit der Peitsche und ließ ihn ihre Überlegenheit spüren. Ein weiterer Schlag traf seinen Po. Erik fühlte den brennenden Schmerz.

Tamaras Macht über ihn erregte ihn, er sehnte sich nach weiteren Demütigungen. Auch die Tatsache, dass er völlig nackt war, während sie durch ihre nietenbesetzte Kluft Herrschaft über ihn ausstrahlte, erregte ihn.

Er streckte verbotenerweise eine Hand nach ihren Brüsten aus, nur um einen Schlag mit voller Wucht aufs Hinterteil zu kassieren. Tamara blieb stehen. »Jetzt reicht es aber mit deinem Ungehorsam! Dafür musst du büßen!«, sagte sie laut und überlegte, welche der extravaganten Gerätschaften nun zum Einsatz kommen sollte. Sie entschied sich für eine besonders perfide Strafe. »Aufstehen!«, befahl sie und wies mit einem Kopfnicken auf eine Streckbank, die in einer Ecke stand. Erik legte sich auf den Rücken und legte seine Arme hinter seinen Kopf, wo Tamara sie fixierte. Dann band sie auch seine Füße auf den beweglichen Flächen fest. Sie griff nach seinem Glied und massierte es, bis es steif wurde. »Na, na, na, hab ich das etwa erlaubt?«, fragte sie dann und schlug ihn leicht mit der Peitsche. Dann schob sie seine Beine auseinander und kitzelte seine Hodensäcke und seine Rosette mit dem Riemen der Peitsche. Erik genoss die leichte Folter und stöhnte leise auf, was Tamara sofort mit einem Schlag bestrafte.

Sie ging um ihn herum, kitzelte seine Fußsohlen, schlug immer wieder leicht mit der Peitsche nach seinem ganzen Körper und beugte sich über ihn, so dass er ihre Brüste direkt vor der Nase hatte, ohne sie berühren zu können. Sein Schwanz stand steif nach oben und zuckte leicht.

Tamara ging zu ihrem Koffer, öffnete ihn so, dass er den Inhalt nicht sehen konnte, und grinste diabolisch. »Mir scheint, du brauchst noch etwas mehr Qualen heute, die Schmerzen reichen wohl noch nicht.« Mit diesen Worten nahm sie eine Kerze in die Hand, zündete sie an und trat wieder an ihn heran. Langsam ließ sie ein paar Tropfen glühend heißes Wachs auf seine Brust laufen und verrieb es mit den Händen. Erik zuckte bei jeder Wachsattacke erneut zusammen. Seine Erektion ließ nach, er winselte um Gnade. Tamara jedoch blieb unerbittlich. Ein paar wohlplatzierte Tropfen rund um seinen Penis bereiteten ihm lustvollen Schmerz. Als Tamara das Wachs auch hier schnell verrieb, schwoll sein Glied erneut an.

Ihre eigene Erregung war inzwischen kaum noch zu zügeln. Der Anblick des hilflosen Erik vor ihr mit seinem steil aufwärts gerichteten Schwanz machte sie fast verrückt. Sie löste seine Fesseln und bedeutete ihm aufzustehen. Als er jedoch Anstalten machte, sich ihr zu nähern und in sie einzudringen, drückte sie ihn brutal auf den Boden. »Halt! Hab ich dir etwa erlaubt, mich zu berühren?«, fragte sie ihn kalt.

Erik sah sie lüstern an und flüsterte: »Bitte lass mich ihn reinstecken. Ich brauche das! Du machst mich wahnsinnig geil …«

Tamara schüttelte den Kopf. »Nichts da!«, gab sie zur Antwort und zog ihn nach links. »Nein, nicht den Pranger. Nicht heute.« versuchte er es wieder. Ohne ein Wort schob Tamara ihn auf ein Gestell, auf dem Erik knien konnte, während seine Füße fixiert und seine Arme hinter seinem Rücken gefesselt wurden. Dann ging sie wieder zu ihrem Köfferchen, nahm einen schwarzen Vibrator heraus und stellte sich vor Erik. Sie zog ihr Höschen herunter und spreizte die Beine, ließ Erik ihre rasierte Scham betrachten, ohne dass er sie berühren konnte.

Erik wollte in sie eindringen, sie berühren, aber nichts davon konnte er tun, hilflos gefesselt sah er zu, wie Tamara den leise summenden Vibrator in ihre Muschi einführte. »Schau zu, was du nicht darfst, Erik. Damit du lernst. Lernst, mir gegenüber gehorsam zu sein. Guck nur, wie tief du in mich eindringen könntest, wenn du dürftest ... In mein heißes, feuchtes Loch.« Tamara drehte sich um und beugte sich vor. »Siehst du meinen schönen Hintern? Du darfst ihn nicht berühren ...«, sagte sie.

Eriks Verlangen wurde größer und größer, er brauchte ein Ventil für seine Lust, konnte sich jedoch nicht einmal selbst berühren, da seine Hände ja auf seinem Rücken gefesselt waren.

Tamaras Muschi dicht vor seinem Gesicht zu haben, ohne seinen Schwanz in sie rammen zu können, machte ihn verrückt. Sie kniete sich nun mit gespreizten Beinen vor ihn auf den Boden, sah ihm in die Augen und drehte mit ihrer linken Hand den Vibrator schneller, was ihr sofort höchste Lust bereitete. Erik schloss die Augen.

»Schau hin!«, befahl sie. Ihre zuvor so feste Stimme brach leicht unter ihrem lustvollen Keuchen, als sie ihn ermahnte: »Sieh, wie ich mich selbst ficke. Was du verpasst, weil du unartig warst.« Unter lautem Stöhnen kam sie und wand sich auf dem Fußboden vor ihm. Dann kroch sie zu ihm, küsste ihn kurz, aber heftig auf den Mund und berührte nur ganz leicht mit der Fingerspitze seinen Schwanz. Erik stöhnte: »Bitte erlöse mich!«. Tamara stand auf. »Vielleicht später, zunächst einmal musst du Buße tun«, sagte sie und ließ ihn gefesselt im Zimmer zurück.

Seine Fesseln würde sie erst lösen, wenn er seine Lust unter Kontrolle hatte. Ein bisschen Strafe musste sein. Wenigstens ab und zu.

Nachtwache

Ich blickte in die warme Sonne. Endlich Ferien. Voller Vorfreude sehnte ich diese nächste Woche herbei. Meine Eltern waren mit denen meiner Freundin verreist, und damit weder Maren noch ich ganz alleine waren, erlaubten uns unsere Eltern, die ganze Woche zusammen in Marens Haus zu wohnen. Sie ließen uns nicht wirklich gerne alleine, weil wir mit unseren 17 Jahren echt gerne Party machten. Wir sahen älter aus und hatten deshalb nie Probleme, in die Disco zu kommen.

Wir freuten uns beide riesig auf diese Woche ohne Fragen, Tadel und Diskussionen.

Das Taxi hupte schon, als meine Mutter hektisch nach ihren drei Taschen griff und mich fest umarmte. »Benehmt euch, Schatz, und übertreibt es nicht mit dem Feiern!« Dann waren sie auch schon draußen. Papa gab mir noch einen Kuss, bevor er zu meiner Mutter in das Taxi stieg.

Ich winkte, als es um die Ecke bog, dann atmete ich tief durch und konnte einen kleinen Freudenschrei nicht unterdrücken.

Frei! Eine Woche einfach frei, dachte ich und rannte

ins Haus. Meine Tasche war schon gepackt, ich nahm sie und lief zum Bus.

Maren öffnete mir die Tür, und wir fielen uns lachend um den Hals. Den Rest des Tages verbrachten wir kichernd und völlig überdreht, quatschten über alles Mögliche, und gegen Abend machten wir uns gemeinsam im Bad fertig für die bevorstehende Nacht.

Dann zogen wir los. Partytime!

Es war schon halb fünf, als wir nach Hause kamen. Kichernd und noch völlig aufgeputscht, schloss Maren die Tür auf. Doch was war das? Im Wohnzimmer war Licht!! Wir sahen uns fragend an und liefen ins Haus. Miriam, die Freundin von Marens Mutter, saß auf der Couch und sah uns an. Sie sagte, dass Marens Eltern sie gebeten hätten, an diesem ersten Abend mal kurz nach dem Rechten zu sehen.

Unser Lachen verstummte in Erwartung einer mächtigen Moralpredigt, denn halb fünf war nicht so ganz die richtige Zeit für zwei 17-jährige Mädchen.

»Hattet ihr Spaß?«, fragte Miriam freundlich und lächelte uns an. Maren und ich sahen uns an. »Jaaa!«, sagten wir wie aus einem Mund erleichtert und ließen uns auf die Couch fallen.

Wir plapperten und plapperten, Miriam hörte uns zu, stellte uns Fragen und lachte mit uns.

Maren wurde müde. »Gute Nacht, ich bin todmüde, ich gehe ins Bett. Bleib du doch noch.«

Ich sah Miriam an und sie nickte. »Wir können noch etwas fernsehen, wenn du magst, du bist noch ziemlich aufgedreht, nicht wahr?«

Sie hatte recht, ich war noch total aufgewühlt, an schlafen war jetzt gar nicht zu denken. Deshalb nahm ich das Angebot, mit ihr aufzubleiben, gerne an.

Wir machten es uns auf dem Sofa bequem und unterhielten uns. Miriam war total nett. Ich hatte sie bisher noch nie gesehen, ihr Name fiel des Öfteren, wenn Maren von den Wochenenden berichtete, aber kennengelernt hatte ich sie bisher nicht. Ich wusste, sie war im Alter von Marens Mutter, und schätzte sie somit auf 42, aber sie hatte überhaupt nichts von dieser leichten Spießigkeit unserer Eltern. Sie fragte mich nach vielen Sachen, was mich beruflich so interessieren würde und wie es mit den Jungs aussähe, aber sie erzählte auch viel von sich. Ich erfuhr, dass sie verheiratet war und einen Sohn in unserem Alter hatte. Er sei gerade für zwei Jahre in den USA.

Während wir so redeten, begann im Fernsehen das Spätprogramm. Und als ich in einer Redepause auf den Fernseher sah, begann gerade einer von diesen schummerigen Freitag-Nacht-Erotikfilmen.

»Wollen wir den noch sehen und dann schlafen gehen?«, fragte Miriam. Ja, dazu hatte ich jetzt noch Lust. Es war mir zwar ein bisschen unangenehm, solch einen Film mit Miriam zu sehen, aber da sie so locker war, dachte ich mir, warum denn nicht?!

Wir holten zwei Decken und drückten uns in die Kissen, jede auf einer Seite des Sofas. Miriam hatte sich einen Sekt aufgemacht und bot mir auch ein Glas an. Das passte jetzt gut. Was für ein perfekter Abend.

In dem Film ging es gerade zur Sache. Ein Mann

und eine Frau trieben es wild auf ihrem Balkon, die Frau stöhnte laut, und mir schoss die Frage durch den Kopf, wen sie damit jetzt wohl alles geweckt hatte. Plötzlich erschien eine zweite Frau. Sie trat zu dem wild vögelnden Paar, kniete sich nieder und begann, die Frau zu streicheln. Als der Mann das merkte, zog er sich ein Stück zurück. Man sah ihm an, dass er sich von diesem Schauspiel nichts entgehen lassen wollte. Die beiden Frauen legten heftig los. Sie küssten sich heiß und pressten ihre Brüste aneinander. Dabei fasste die eine der anderen fest zwischen die Beine. Der Mann begann sich einen zu wichsen auf das, was er da vor sich sah, und als sich eine der beiden Frauen bückte und ihre Zunge in die Höhle der anderen steckte, spritzte er ab.

Sie leckte sie so wild, und das Stöhnen der Frau hörte sich so echt an; ich merkte, wie ich feucht wurde.

Ohne es zu merken, rutschte ich auf der Couch wohl leicht hin und her, denn Miriam sah mich an. »Ist alles o. k.?« Ich konnte nur nicken und hoffte insgeheim, dass sie meine Erregung nicht sah. Wie naiv! Dachte ich wirklich, ich könnte einer reifen und erfahrenen Frau etwas vormachen?

»Du bist erregt!«, ihre Direktheit überraschte mich, und diese Frage, die genau ins Schwarze traf, machte mich noch heißer. Aber wieder konnte ich nur nicken, ich traute mich nicht einmal, sie anzusehen. Ich merkte aber, dass sie mich sehr genau betrachtete.

Und dann spürte ich ihre Hand an meinem Fuß unter der Decke.

Ich hielt den Atem an; dann sah ich zu ihr. Während sie ihre Hand an meinem Bein höher schob, ließ sie den Blick nicht ein einziges Mal von mir ab. Ich wusste, sie wartete auf ein Zeichen von mir, erwartete, dass ich ihr sagte, sie solle stoppen. Aber ich wollte nicht, dass sie aufhörte. Ich weiß nicht, was es war, aber ich war total heiß, und ich konnte das, was jetzt noch kommen sollte, kaum erwarten. Ich spürte nur, dass ich zu allem bereit war. Ich bin mir sicher, dass Miriam genau diese Gedanken in meinem Gesicht lesen konnte, denn ihre Hand wanderte weiter mein Bein hinauf bis zu meinem Slip.

Mir wurde heiß.

Mit beiden Händen zog sie mir den String unter der Decke aus, dann stand sie auf, kam zu mir und setzte sich neben mich. Als sie mein Gesicht in beide Hände nahm, spürte ich auch schon ihre warmen, feuchten Lippen auf meinen.

Ich öffnete meinen Mund und suchte mit meiner Zungenspitze nach ihrer. Wir küssten uns so zärtlich – es fühlte sich so gut an.

Wieder sah sie mich an, als wollte sie sehen, ob ich bereit war für einen nächsten Schritt. Oh ja, das war ich! Sie legte die Decke beiseite. Nur in meinem T-Shirt lag ich vor ihr. Sanft legte sie ihre Hand auf meinen Bauch und strich das Shirt hoch über meine Brüste. Ihre Berührung erregte mich unglaublich; meine dunklen Brustwarzen wurden hart und ragten spitz auf. Mit ihren Fingerspitzen strich sie darüber, dann beugte sie sich zu mir herunter und fing an, meinen

Oberkörper zärtlich zu küssen. Ihre Lippen wanderten über meinen Hals, über meine harten Knospen, mit ihrer Zunge leckte sie weich darüber, während ihre Hände über meine Taille strichen. Ich bekam eine Gänsehaut und stöhnte leicht auf. Ich genoss es so sehr!

Und dann wanderte sie mit ihrer Zunge tiefer, wieder über meinen Bauch, meine Leiste, bis zu meinem Dreieck.

Miriam kniete über mir, als sie mich ansah. Ich muss sie sehr durchgefickt angesehen haben, denn sie lächelte mich an, leckte über ihre Lippen und senkte den Kopf in Richtung meiner Lusthöhle.

Oh Gott, ja, dachte ich. Ich hatte mein erstes Mal zwar schon hinter mir, aber geleckt hatte mich bisher noch niemand, und erst recht keine Frau!

Mit ihren Händen schob sie meine Beine auseinander, so dass meine wirklich nasse Muschi offen vor ihr lag. Ich hörte, dass Miriam tief atmete, bevor sie begann, meine Schamlippen zu küssen; ein Schauer jagte durch meinen Körper.

Ich spürte, wie sie mit ihrer Zunge meinen Saft aufnahm und ihn schluckte. Sie leckte von oben bis unten immer wieder über meine Spalte, als sie mit ihrer Zunge tief in mich eindrang. Ein lauter Schrei presste sich aus meiner Kehle. Miriam hob kurz ihren Kopf und sah mich an. »Schsch!«, sagte sie und lächelte dabei wissend.

Und im nächsten Moment spürte ich ihre Zunge an meiner Knospe.

Jaaaa, oh jaaaa! Ich merkte, wie meine Kirsche mehr und mehr anschwoll.

Miriam umfuhr sie mal schneller, mal langsamer, ganz weich, leckte zwischendurch über meine Spalte, um mich dann auszuschlürfen. …

Sie berührte nur kurz meinen Knopf, und ich fühlte, wie sich alles in mir zusammenzog.

Was war das?? Aus meinen Beinen, meinen Armen schien das ganze Blut in meinen Unterleib zu strömen und sich in meiner Fotze zu versammeln.

Und plötzlich, mit einem mächtigen Ruck, zog sich alles in mir zusammen, und ich explodierte das erste Mal in meinem Leben. Meine Muschi zuckte und zuckte, und ich spürte, dass Miriam ihre Zunge in mir ließ, um meinen ersten Orgasmus mit mir zu teilen.

Erst als das Zucken in mir nachließ, zog Miriam ihre Zunge aus mir heraus.

Erschöpft und überwältigt lag ich da und schaute sie an. Natürlich lächelte sie!

Nach einer kurzen Weile stand sie auf. Sie sagte: »Ich glaube, ich mache uns mal einen Kaffee!«, und verschwand in der Küche.

Ich sah auf die Uhr. Es war halb acht! Die Rollos waren unten, sonst hätten wir gemerkt, dass es draußen schon hell war. Miriam fragte, ob wir noch gemeinsam Brötchen holen wollten.

Als der Frühstückstisch gedeckt war, stand Maren in der Tür. »Ihr seid schon auf? Gut geschlafen?« Dann plapperte sie, wie es ihre Art war, auch schon gleich wieder darauflos. Diesmal war ich erleichtert darüber, dass sie nicht wirklich eine Antwort erwartete, denn ich merkte, wie ich ziemlich rot wurde. Miriam schmunzelte. Wir frühstückten ausgiebig, dann verabschiedete sich Miriam.

Ich habe Miriam bisher nicht wiedergesehen. In einer Woche hat Maren Geburtstag. Maren sagte neulich: »Du, Miriam wird auch kommen. Erinnerst du dich noch, das ist die Freundin meiner Mutter, mit der wir uns nach unserer langen Nacht so nett unterhalten haben!«

… ja, und noch mehr, dachte ich!

Kalt wie Stein

Als sie erwachte, spürte sie zuerst die Kälte. Sie zitterte am ganzen Leib und hatte Schwierigkeiten, sich zu orientieren. Sie hatte keine Ahnung, wo sie war. Nackt auf dem Bauch liegend, fühlte sie unter sich nur harten, kalten Stein.

Erst ganz allmählich gewöhnten sich ihre Augen an die Dunkelheit, und sie begann, einzelne Details zu erkennen. Sanftes Mondlicht sickerte durch die fast blinden Scheiben des Raums. Ein riesiges, dunkles Portal ließ sich zu ihrer Rechten erkennen. Mühsam drehte sie ihren Kopf zur anderen Seite und machte eine riesige Freitreppe aus, die nach oben führte. Langsam begannen ihre Erinnerungen zurückzukehren. Sie war in dem alten Herrenhaus am Waldrand. Sie erinnerte sich, dass ihr Herr sie am Abend hierhergebracht hatte. Jetzt war Nacht. Wie viele Stunden sie wohl geschlafen hatte? Sie hatte lange gewartet, und irgendwann waren Kälte und Anspannung wohl von der Müdigkeit besiegt worden.

Die schweren Eisenfesseln, die sie an dem riesigen, oben leicht gewölbten Steinquader festhielten, schnitten in ihre Gelenke. Ihre Gliedmaßen waren fast taub.

Außer ihr und dem Stein war die alte Eingangshalle vollkommen leer. Der große Kamin, der sich nach ihren Erinnerungen hinter ihr befinden musste, war kalt, und sie wünschte sich, ein wärmendes Feuer würde darin prasseln.

Wie lange würde es wohl noch dauern, bis ihr Herr sie erlöste? Nach und nach wich ihre Verwirrung wieder dieser köstlichen Mischung aus Angst und Lust. Sie dachte an die vielen vergangenen Erlebnisse dieser Art, und es überlief sie ein Schauer. Nicht vor Kälte dieses Mal – nein, vor Erregung.

Die modrig-feuchte Luft des alten Gemäuers kroch in jede Ritze ihres Körpers, und ihre Position, mit weit von sich gestreckten Armen und gespreizten Beinen an diesen Stein gefesselt, verhinderte erfolgreich, dass sie sich dagegen schützen konnte.

Ein Krachen und Quietschen riss sie aus ihren Gedanken. Es wurde ein wenig heller im Raum, und für einen Moment konnte sie den Atem sehen, der vor ihrem Gesicht Wolken schlug. Das Portal war geöffnet worden.

Es krachte noch einmal, und alles war wieder dunkel. Aber sie spürte, dass jemand mit ihr im Raum war.

Irgendwer machte sich hinter ihr zu schaffen. War ER es? Sie flüsterte ein leise fragendes »Hallo?« in den Raum, obwohl sie wusste, dass es ihr nicht erlaubt war zu sprechen. Ihr Zittern war jetzt so heftig, dass sie total die Kontrolle darüber verlor.

Sie spürte, dass ER es war. Er war da. Irgendwo ganz

dicht bei ihr. Ein leises »Schhhh« beruhigte sie, dann verband er ihr die Augen. Merkwürdigerweise machte sie das viel ruhiger. Die totale Schwärze lullte sie ein und half ihr, wieder bei sich zu sein.

Wieder hörte sie hinter sich etwas, und dann wurde ihr klar, was er dort tat, denn sie spürte sanfte Wärme, die ihren nackten Körper zu streicheln begann. Er hatte das Feuer entzündet.

Gerade als sie sich von der Wärme und der Stille davontragen lassen wollte, wurde sie von einem heftigen Schlag auf ihren Hintern wieder ins Hier und Jetzt befördert. Sie schrie erschrocken auf, und der nächste Schlag ließ nicht auf sich warten. Womit er sie schlug, konnte sie nicht ausmachen, aber es folgte ein Hieb auf den anderen. Auf der immer noch kalten Haut spürte sie jeden Schlag doppelt heftig, aber sie biss sich auf die Lippen, um nicht noch einmal zu schreien.

Nach einigen Schlägen spürte sie wieder die Lust, und bald konnte sie nicht mehr ausmachen, was überwog – der Schmerz oder die Geilheit.

Irgendwann hörten die Schläge auf, und stattdessen wurde sie sanft gestreichelt. Als schwebten tausend Hände über ihre Haut. Zart wie Schmetterlingsflügel. Bei jeder Berührung ihres geschundenen Hinterteils bebte sie. Sie hatte keine Vorstellung davon, was genau mit ihr passierte, sah nicht den ganz in Schwarz gekleideten Mann, der neben ihr stand und im Schein des Feuers mit den vielen dünnen Riemen der Lederpeitsche über ihren schlanken Körper streichelte. Ahnte nicht, dass er lächelte, als er ausholte. Sie fühlte nur den unvermittelten Hieb der Peitsche auf ihrem Rücken, der ihr den Atem raubte und ihren Leib wie Feuer auflodern ließ. Spürte nur, wie alles in ihr zu pochen begann, wie ihre Fotze nass wurde.

Auf den nächsten Schlag war sie vorbereitet. Trotzdem stöhnte sie auf und warf ihren Kopf vor lüsternem Schmerz in den Nacken. Längst war sie dem Rausch des Schmerzes verfallen, war nur noch bei sich und ihrer Lust.

Der Saft rann aus ihrer klatschnassen Möse und benetzte den Stein. Sie wand sich in ihren Fesseln, aber sie gaben ihr wenig Raum, und ihr Stöhnen und Schreien, welches sie jetzt nicht mehr unterdrücken konnte, schallte in den alten Mauern wider.

Als die Hiebe aufhörten, packte er sie an den langen, schwarzen Haaren. Ihr Kopf wurde nach hinten gezogen, und sein harter Penis drang tief in ihren geöffneten, keuchenden Mund ein. Er stieß zu und sie keuchte und würgte. Aber er ließ nicht nach, sondern fickte immer härter in ihren Schlund. Sie hörte ihn stöhnen, als er seinen großen Schwanz bis zum Anschlag in ihren Rachen hämmerte. Immer härter nahm er sie, und als sie kaum noch Luft bekam, ergoss er sich stöhnend in ihren Hals.

Noch mal und noch mal stieß er nach, bis auch der letzte Tropfen Sperma aus ihm heraus war.

Dann erst ließ er sie los und bettete ihren Kopf wieder auf den kalten Stein. Sie blieb keuchend und nach

Atem ringend liegen. Sein Saft rann aus ihrem Mundwinkel über den Felsen.

Es dauerte eine Weile, bis sich ihr Pulsschlag ein wenig beruhigt hatte. Aber lange Zeit zum Ausruhen blieb ihr nicht, denn schon spürte sie ihn zwischen ihren Beinen. Zuerst nur leichte Berührungen, dann hieb er mit der flachen Hand auf ihre triefende Fotze. Sie schrie auf vor Geilheit und Verlangen, reckte ihr Hinterteil, so gut es ging, nach oben, ihm entgegen und spreizte ihre Beine noch ein kleines Stück mehr. Er schlug wieder zu, klatschte seine Hand auf ihre nasse Möse. Immer und immer wieder schlug er zu, bis ihr Keuchen und Wimmern die ganze Halle ausfüllte. Dass ihre Knie blutig und aufgeschürft waren von dem harten, rauen Stein, spürte sie nicht mehr. Sie genoss jeden Schlag und war längst in anderen Sphären.

Als die Lust ins absolut Unerträgliche gestiegen war, erbarmte er sich seiner geduldigen Sklavin und gab ihr mit dem großen, gläsernen Dildo das, was ihr den allerletzten Kick gab. Tief und hart fickte er sie, und das schmatzende Geräusch ihrer Möse vermischte sich mit ihren fast schon hysterischen Lustschreien.

Als er ihr noch ein paar Hiebe auf den feuerroten Arsch verpasste, war ihre Erfüllung nicht mehr aufzuhalten. Mit einem gewaltigen Schrei überflutete sie der Orgasmus. Die Wellen der Erlösung schlugen über ihr zusammen, und ihr Saft spritzte in einem heftigen, heißen Schwall über die Hand ihres Meisters.

Vollkommen erschöpft und der Welt ferner als jemals zuvor sank sie auf ihrem Felsen zusammen. Der Meister löste die Fesseln, hob ihren zerschundenen Körper herunter und bettete sie auf ein dickes Fell vor dem Kamin.

Liebevoll streichelte er die noch immer leicht stöhnende Frau, liebkoste ihre Brüste und ergötzte sich an ihrer immer noch nicht ganz gestillten Lust. Noch einmal spreizte sie ihre Beine, und er erfüllte nur zu gern ihren offensichtlichen Wunsch. Er kniete sich zwischen ihre Schenkel und küsste sich von ihren harten Nippeln an abwärts bis zu ihrer mit Striemen übersäten Muschi. Zärtlich und voller Liebe leckte und küsste er ihren Kitzler, leckte den Saft aus ihrer Fotze.

Als sie kam, umfing er ihr Lustzentrum ganz mit seinem Mund und fing jeden Tropfen auf, der aus ihrer Möse spritzte. Sie genoss es unsagbar, denn sie wusste, das DAS seine größte Lust befriedigte.

Lächelnd nahm er seine kleine Sklavin in die Arme und wiegte sie, bis sie am warmen Feuer selig einschlief.

Sinnflut

Es goss in Strömen. Alina fluchte und packte den Picknickkorb zusammen. Bis vor einer halben Stunde war es ein wunderschöner, sonniger Tag gewesen.

Sie war mit Tobi und ein paar Freunden mit dem Fahrrad ins Grüne gefahren. Von den negativen Voraussagen des Wetterberichts hatten sie sich nicht abschrecken lassen, und jetzt hatten sie den Salat. Binnen kürzester Zeit waren sie durchnässt bis auf die Haut. Eilig hatten sie ihre Sachen zusammengesucht und in ihren Taschen verstaut. Tobi wischte den Sattel seines Fahrrads ab und schwang sich darauf. »Komm schon!«, rief er seiner Freundin zu. »Wir sind schon die Letzten!« Die anderen hatten sich schon verabschiedet und waren davongedüst. Alina nahm ihr Rad und fuhr los. »Tja, das war's dann wohl mit dem schönen Sommertag«, kommentierte sie. Beide fuhren durch den Regen so schnell sie konnten.

Zum Glück hatten sie es nicht weit. »Bin ich froh, wenn wir zu Hause sind«, meinte Alina, »mir wird's schon ganz kalt.« Tobi stimmte ihr zu. Ein kühler Wind zog auf. Sie traten in die Pedale, und wenig später erreichten sie erschöpft und außer Atem ihre Wohnung.

Alina zog ihre nasse Kleidung aus und ging zielstrebig ins Badezimmer. »Ich brauche jetzt erst mal ein heißes Bad!«, rief sie. Tobi packte den Picknickkorb aus und hängte die nassen Sachen zum Trocknen auf. Dann kam er ins Bad. Alina lag in der Badewanne, nur ihr Kopf schaute aus dem Schaumberg hervor. Sie lächelte ihn an. Sein Körper war muskulös und leicht gebräunt. Sie schaute ihn gerne an. Seine dunkelblonden kurzen Haare, seine blauen Augen, seine gute Figur. Besonders gerne mochte sie seinen knackigen Po. »Schön warm hier«, meinte sie. »Darf ich zu dir kommen?«, fragte er.

Alina streckte ihre Hand aus dem Wasser und griff nach seinem nackten Glied. »Natürlich darfst du. Der hier friert ja auch schon, da wollen wir ihn mal etwas anwärmen, oder?« Tobi stieg zu ihr in die Wanne.

Das Wasser war heiß und schwappte hoch, als er sich ihr gegenüber hinsetzte. Er lehnte sich zurück und seufzte. Alina grinste ihn schelmisch an und setzte ihre Füße zwischen seine Beine. Sie legte ihre Füße um sein bestes Stück und sah ihm tief in die Augen. »Weißt du, worauf ich jetzt Lust hätte?«, fragte sie. Tobi streichelte mit seinen Händen ihre Oberschenkel und antwortete herausfordernd: »Worauf denn?« Alina legte ihre Beine wieder nach außen und griff mit der Hand zu. »Darauf.« Tobi sah sie durchdringend an. Ihre grauen Augen funkelten ihm verführerisch entgegen. Er war wie so oft verzaubert von ihrem Blick. »Schließ die Augen«, bat er sie und griff neben die Badewanne.

Alina lag mit geschlossenen Augen, den Kopf abgestützt, im warmen Wasser. Sie spürte Tobis Hand zwischen ihren Beinen, er streichelte sie sanft. Dann spürte sie etwas anderes. Zuerst dachte sie, Tobis Eichel zu fühlen. War er näher gerutscht? Plötzlich fing die Eichel an zu vibrieren. Alina stöhnte vor Lust auf: »Hey, das ist ja gar nicht Mr. P.« Tobi bewegte die vibrierende Eichel weiter vor. Alinas Herz schlug schneller, sie rutschte dem pochenden Teil entgegen. Sie glühte förmlich. Ihre Wangen röteten sich. Tobi beobachtete sie dabei und schob ihr sanft, aber zielstrebig den Vibrator hinein. Sie stöhnte und genoss die sie durchflutende Erregung. Er griff nach ihrem Hintern und massierte ihn. Das Badewasser schwappte über. Die Welle der Lust, auf der sie ritt, drohte jeden Augenblick zu brechen. Sie stöhnte auf: »Ohh, das tut so gut …« Alina fühlte sich machtlos ihrem Körper gegenüber, ihr war schwindelig vor Lust. Das warme Wasser tat sein Übriges. Sie wollte dieses wunderbare Gefühl nicht so schnell beenden und zog deswegen den wunderschön naturgetreu geformten Vibrator langsam aus sich heraus, erholte sich einen Moment von der Wucht, mit der es sie überkommen hatte. »Lass uns gleich im Bett weitermachen«, brachte sie erschöpft hervor. Sie lächelte Tobi an und stand auf. Ihre Brüste waren prall und die Nippel aufgerichtet. Als sie aus der Wanne stieg, küsste er sie auf den festen, runden Hintern. Ihr Anblick erregte ihn immer wieder.

Er folgte ihr ins Schlafzimmer, den rosa Vibrator

noch in der Hand. Durch die große Fensterscheibe sahen sie das draußen tobende Unwetter. Sintflutartig stürzte Regen vom Himmel.

Tobi schaute hinaus. Alina stellte sich hinter ihn und umarmte ihn. Sie küsste seinen Rücken, während ihre Hand seinen aufgerichteten Penis fand. Alina umfasste ihn fest. Draußen blitzte es. Tobi drehte sich um und zog sie an sich heran.

Ihr Körper war weich und heiß. Er küsste sie und kniff ihr leicht in den Po. Dann strich er über ihre Brüste und über den Bauch. Das Unwetter machte sie beide an. Die Gewalt der Natur, die sich draußen in Blitz und Donner entlud, sprang auf sie über. Tobi fühlte sich geladen vor Energie und Lust. Er drückte sie leicht herunter, bis sie auf der Bettkante angelangt war. Sie legte sich zurück und zog ihn zu sich. Tobi massierte sie und verteilte etwas Bodyfluid auf ihrem schönen Körper. Ihre Haut war samtweich und wunderschön. Seine glitschige Hand wanderte zu ihrer Klitoris, die immer noch prall war. »Ich will dich«, raunte sie ihm zu. »Meine Mrs. V. wartet sehnsüchtig auf Mr. P.«

Er schob einen mit Gleitgel getränkten Finger in sie hinein und spürte ihre hitzige Erregung. Ein Blitz durchzuckte den dunklen Himmel, und zeitgleich mit dem darauffolgenden Donnergrollen drang er fordernd in sie ein. Er stieß leidenschaftlich in ihre enge Vagina ein und genoss die Lust, die ihn überströmte. Immer wieder fand er den Weg tiefer und tiefer in sie hinein. Er küsste sie auf den Mund, während sie ihre Hände in seinem Po vergrub und ihn so noch tiefer in sich hineindrückte. Sie spürte, wie eine neue Welle der Lust sich aufbaute. Auch Tobi atmete schneller und tiefer. Die Vereinigung ihrer Körper vollzog sich perfekt. Doch diesmal wollte Alina etwas anderes. »Lass mich deinen Mr. P. in den Mund nehmen, ich will an ihm schlecken, wenn du kommst.« stöhnte sie. Tobi stöhnte zurück: »Oh jaa«, und löste sich langsam von ihr. Er stand auf, und sie kniete sich vor ihm auf der Bettkante nieder. Er blickte an ihr herab, ihre langen braunen Haare fielen nass herunter.

Langsam leckte sie an seinem Glied und nahm es in ihrem Mund auf, bewegte ihre Lippen auf und ab, fuhr mit der Zunge über die Spitze und die volle Länge entlang und umschloss ihn warm und fest.

Sie zog die Vorhaut leicht zurück und nahm nur die Eichel in den Mund. Dann saugte sie fest. Es würde nicht mehr lange dauern, bis er sich ergoss. Erregt von diesem Gedanken, verlangte ihre Vagina nach Penetration. Alina griff nach dem rosa Vibrator, schaltete ihn ein und schob ihn langsam und zart in sich hinein. Seinen Namen hatte er wahrlich verdient. Sinnflut.

Es war eine wahre Sinnflut, die sie beide erlebten. Sie war Teil des Naturspektakels, das sich um sie herum abspielte. Sie bewegte ihr Becken, um ihn noch tiefer zu spüren, und saugte gleichzeitig an Tobis steifem Penis. Ihr gemeinsamer Orgasmus überkam sie, während sich draußen Blitz und Donner vereinigten.

Die Intensität des Gewitters, hier drin und da draußen war überwältigend.

Durch die Tropfen hinweg, die über sie verteilt waren, sah sie, dass der Regen hinter der Fensterscheibe schwächer wurde. Sie legte sich hin und zog Tobi zu sich. Noch lange lagen sie eng umschlungen und erschöpft auf dem Bett. Als sie zutiefst befriedigt und glückselig einschliefen, klarte der Himmel auf. Das Gewitter war vorüber.

Spieglein, Spieglein an der Wand

Phil trank sein Glas aus und stellte es auf den Tresen. Sein Blick klebte an der schönen Blondine, die ausgelassen auf dem Treppenabsatz tanzte. Den ganzen Abend schon konnte er die Augen nicht von ihren Rundungen lassen, die durch den superkurzen Minirock und das grellbunte enge Top besonders sexy zur Geltung kamen. Unermüdlich bewegte sie sich zur Musik, ließ ihren Po kreisen und die langen blonden Locken umherschwingen.

Phil lehnte sich an das Geländer der Galerie und versuchte, einen weiteren Blick von ihr zu erhaschen. Ein paarmal hatte sie ihm schon zugelächelt, was nicht nur einen schnelleren Herzschlag bei ihm verursacht hatte. Es war nicht einfach, näher an sie heranzukommen, denn eine ganze Schar Männer hatte einen undurchdringlichen Kreis um sie gebildet. Sie genoss sichtlich die Aufmerksamkeit, die ihr zuteil wurde, und flirtete hemmungslos mit fast jedem männlichen Wesen.

Phil ließ sich davon jedoch nicht die Laune verderben, sondern erfreute sich an ihrem Anblick aus dem Hintergrund.

Sie schenkte ihm ein weiteres Lächeln, zwinkerte ihm zu und drehte eine Pirouette. Phil stellte sich vor, ihr hier und jetzt die Kleider vom Leib zu reißen, und spürte, wie seine enge Jeans zu drücken begann. Er sah, wie sie lächelnd den Kopf schüttelte und sich aus der Gruppe herauslöste, die sie so lange im Beschlag hatte. Kam sie wirklich auf ihn zu? Phil versuchte, die Beule in seiner Hose zu verstecken, und lächelte sie cool an.

»Hallo! Ich bin Steffi«, sagte sie und streckte ihm die Hand entgegen. Phil ergriff sie und lächelte weiter. »Na, und wie darf ich dich nennen?«, fragte sie und sah ihn mit großen blauen Kulleraugen an. »Phil«, brachte er heraus.

Das Eis war gebrochen, und die schöne Steffi eröffnete den Smalltalk. »Du gefällst mir, Phil. Ich dachte, ich sollte wenigstens deinen Namen wissen, bevor ich dich jetzt mitnehme.« Dabei drehte sie eine blonde Locke um ihren Finger und legte den Kopf ein wenig schräg. Phil sah sie freudig an. »Aber damit eins klar ist: Es läuft nach *meinen* Spielregeln«, fuhr Steffi fort. »Okay?«

Natürlich war das für Phil okay. Er würde eine Wahnsinnsnacht erleben, das war sicher.

Zusammen verließen sie die Disko und gingen durch die laue Sommernacht. »Es ist nicht weit«, rief sie und zog ihn schnellen Schrittes mit sich. Phil folgte ihr freudig, bis sie zum Jahrmarkt kamen, wo um diese Uhrzeit schon alles dunkel war. Er runzelte die Stirn. Was wollte sie hier? Sie lächelte geheimnisvoll und legte ihm die Hände über die Augen. »Lass dich überraschen«, flüsterte sie. Vorsichtig gingen sie weiter, quer über den Platz, und wie es Phil schien, über Stufen und durch Türen. Türen?

Noch bevor er sich fragen konnte, wo er bloß war, hörte er Steffis zarte Stimme. »Setz dich hin und öffne die Augen.« Phil gehorchte und erschrak. Tausendfach sah er Steffi vor sich, aus jeder Perspektive. Sie hatte ihn ins Spiegelkabinett gebracht. »Und nun die Regeln … Du wirst mich nicht anfassen. Dich selbst kannst du berühren, aber von mir hältst du dich fern. Zugucken ja, alles andere nein. Verstanden?« Phil sah sie etwas enttäuscht an, nickte aber widerwillig. So hatte er sich das nicht vorgestellt. Dann aber war er doch gefangen von der Show, die Steffi ihm bot.

Langsam schälte sie sich aus ihrer Kleidung, schaltete in einer Ecke des Raums Musik ein und zwinkerte ihm zu. Er konnte sie im Spiegel von vorne sehen, während er ihren prallen Hintern in natura vor sich sah. Sie schob eine Hand unter ihr Höschen und gab einen kurzen Blick auf ihre rasierte Scham frei, streichelte sich ein bisschen und flirtete abwechselnd mit ihrem Spiegelbild und Phil, den sie durch den Spiegel sah.

Während er noch zögerlich den Reißverschluss seiner Jeans öffnete, hatte sie schon ihre Wäsche abgelegt und war bis auf die schwarzen Highheels völlig nackt. Er beobachtete, wie sie ihre Brüste knetete, ihre Haare um die aufgerichteten Nippel wickelte und mit einem Finger im Mund den Kopf zu ihm drehte.

Er konnte sich kaum entscheiden, ob er sie selbst oder ihr sexy Abbild betrachten sollte, das ihm ihre schöne Vorderseite präsentierte. Nachdem sie ihm einen Kuss zugeworfen hatte, widmete sie sich wieder ihrem Spiegelbild, trat näher heran und küsste es, drückte ihre Brüste gegen die Scheibe und führte die rechte Hand zwischen sich und dem Spiegel durch, bis sie auf ihrer linken Pobacke auflag. Für Phil sah es nun so aus, als wären da zwei Frauen, die es miteinander trieben. Zwei vollkommen identische heiße Blondinen, die sich leidenschaftlich küssten, ihre Brüste aneinanderrieben und sich gegenseitig den Po kneteten. Irre! Er sah sie durch die Spiegel ringsum gleichzeitig von vorne und hinten, von oben wie unten, von rechts und links. Der Anblick war wahnsinnig erregend. So viel nacktes Fleisch, unzählige Brüste. Steffi stand immer noch vor dem Spiegel, trat jetzt aber ein Stück zurück und strich sich mit den Fingern über ihren Venushügel.

Phil betrachtete sie und nahm seinen Ständer in die Hand, während sie sich den Mittelfinger in ihre Muschel steckte. Langsam bewegte sie ihn rein und raus, und ganz von selbst passte sich Phil mit seiner eigenen Massage ihrem Tempo an. Steffi lutschte an ihrem Finger, drehte den Kopf und stellte sich breitbeinig hin. Ihr Zwilling im Spiegel bekam einen weiteren Kuss, dann beugte sie den Oberkörper weit vor, so dass sie Phil durch ihre Beine hindurch beobachten konnte. Er sah ihre Hand, die erst ihre Knospe stimulierte, bevor der Daumen für ihn unsichtbar wurde und die restlichen Finger sich auf ihren Po legten. Der Mittelfinger umkreiste ihr Po-Loch, ohne jedoch einzudringen. Die kleine Hand bewegte sich schnell, der Daumen tauchte immer wieder in die nasse Vagina ein.

Phil erregte dieser Anblick ungemein. Am liebsten wäre er jetzt in Steffi eingedrungen, wollte seinen mächtigen Stab tief in ihr versenken. Aber das war ja tabu. So massierte er sich selbst und schaute weiter zu, wie sie sich nun seitlich zu ihm hinstellte und sich wild fingerte. Mit der anderen Hand griff sie sich an ihre pralle Brust. Phil bewegte seine Hand nun auch schneller an seinem Pfeil auf und ab und begann, leise zu stöhnen.

Die schöne Steffi drehte sich ihm weiter zu, kam einen Schritt näher und bewegte ihr Becken rhythmisch zur Musik. Sie tänzelte auf ihn zu, platzierte ihr Becken direkt über seiner Hand, die sein bestes Stück fest umschloss, und zwinkerte ihm zu. Dann schob sie mit der einen Hand die Schamlippen auseinander, um mit den Fingern der anderen Hand erst sanft über die Klitoris zu streicheln und dann wieder in ihrer feuchten Tiefe zu versinken.

»Sieh es dir genau an, Phil«, raunte sie ihm zu, »guck zu, wie mein gieriges Möschen sich freut, wenn ich einen Finger reinstecke. Und dann zwei, dann drei … Oooh.« Steffi stöhnte.

Auch Phils Atem ging immer schneller. Er spürte, dass er gleich so weit war. »Zum Finish darfst du mich vollspritzen, hörst du?«, stöhnte Steffi, bewegte sich wieder etwas von ihm weg und legte sich auf den verspiegelten Boden. Sie räkelte sich vor ihm, einen Arm nach oben gestreckt und die andere Hand zwischen ihren Beinen, die sie fest gegeneinanderdrückte.

Phil sah auf sie herab, umringt von ihrem liegenden Abbild, das sich ebenso genussvoll umherwälzte. Ihre blonden Locken umringten ihr gerötetes Gesicht, bildeten einen starken Kontrast zu den schwarzen Highheels.

»Jaaaa«, stöhnte sie atemlos, ließ ihre Hand neben sich gleiten und öffnete die Beine weit, damit Phil ihre zuckende Vagina betrachten konnte. Sie lächelte ihn an, legte einen Finger an den Mund und schloss die Augen, als auch er kam und seinen Saft in hohem Bogen auf ihre Brüste und ihren Bauch verspritzte. Er sah die spermabetropfte Steffi lächelnd in tausendfacher Ausführung vor sich liegen, sah, wie sie ihn anlachte und ihm wieder zuzwinkerte, bevor sie aufstand und hinter einer Spiegelwand verschwand.

Phil sah sich nach ihr um, sah aber nur sich selbst, seinen erschöpften und immer noch ein wenig erstaunten Blick.

Plötzlich stand Steffi wieder angezogen vor ihm, brachte ihn zum Ausgang und drückte ihm an der Tür eine Plastikkarte in die Hand. »Steffis Spiegelkabinett«, las er darauf. »Ein kleines Andenken an einen nächtlichen Jahrmarktbesuch …«, flüsterte sie und warf ihm noch eine Kusshand zu.

Phil lächelte sie an und ging nach Hause.

Doppelte Lust

Die große, helle Wohnung lag in schummrigem Dämmerlicht. Ein paar Teelichte brannten auf dem Couchtisch und auf dem Sideboard, die Vitrinenbeleuchtung und die Spots über dem Bücherregal waren gedimmt.

Verena sah sich um. Insgesamt waren es neun Frauen, die in heiße Wäsche gekleidet vor dem großen Spiegel posierten und unter viel Gelächter entschieden, welches Modell wem wohl am besten stand. Auch Verena hatte ihren Spaß. Sie hatte gerade ein silbriges Spitzenkorsett und das passende Höschen dazu anprobiert und sah stolz an sich herab. Ihre Figur kam hierin besonders gut zur Geltung. Ob sie es nehmen sollte?

Verena war unschlüssig. Ihre beste Freundin Tanja hatte sie überredet, mit ihr auf diese Verkaufsparty bei einer weiteren Freundin zu kommen, und Verena hatte sich breitschlagen lassen. Eigentlich waren die beiden Freundinnen zum Schwimmen verabredet, aber gestern Mittag rief Tanja an und meinte, sie habe völlig vergessen, dass sie von Sheila zu dieser Party eingeladen worden war. Sie wollte unbedingt hin und meinte, auch Verena solle doch mitkommen. Diese war zunächst skeptisch. Als sie das Wort »Verkaufsparty« hörte, sah sie sich schon inmitten einer Horde Hausfrauen, die sich von einer eifrigen Vertreterin Haushaltsgeräte aufschwatzen ließen, die kein Mensch je brauchte. Sie hatte befürchtet, völlig fehl am Platz zu sein, aber Tanja ließ nicht locker. Sie meinte, Verena solle nicht über Sachen urteilen, von denen sie keine Ahnung habe, und daher einfach mal mitkommen und sich ein eigenes Bild machen.

Verenas Befürchtungen hatten sich nicht bewahrheitet, im Gegenteil. Die Gastgeberin, Sheila, war eine sympathische Frau Ende zwanzig mit einer stilvoll und futuristisch eingerichteten Penthouse-Wohnung.

Die anderen Gäste waren eine buntgemischte Gruppe Frauen um die dreißig, darunter keine einzige, auf die Verenas Vorurteil von der typischen Verkaufsparty-Hausfrau auch nur ansatzweise gepasst hätte. Die größte Überraschung aber war für Verena der Augenblick gewesen, als die Verkäuferin, eine große schlanke Schwarzhaarige im kurzen Ledermini, ihre Koffer öffnete und die Ware präsentierte: teure, exklusive Dessous.

Während Verena leicht verdutzt dreinblickte, fingen die übrigen Damen schon an, die passende Größe zu suchen, und zogen sich um. Schon war Verena die Einzige, die noch vollständig bekleidet war. Sie ließ sich von Carmen, der Verkäuferin, beraten und probierte schon bald auch BHs, Höschen, Korsetts und Bodys an.

Sheila, die eine wunderschöne Kombination aus

beige-brauner Spitze trug, die die Ausdruckskraft ihrer braunen Augen unterstrich, kam mit einem Tablett aus der Küche und reichte Häppchen mit geräuchertem Lachs. Dies gehörte genauso zu der Party wie die Gläser Sekt, die schon geleert worden waren, aber immer wieder neu gefüllt wurden.

Verena nahm sich ein Lachshäppchen und lächelte Sheila an. Diese lächelte zurück und zwinkerte ihr zu, bevor sie sich umdrehte und mit dem Tablett weiterging. Verena sah ihr hinterher. Sheila war mittelgroß, hatte aschblonde Haare und eine atemberaubende Figur. Endlos lange Beine, einen kleinen, festen Po und kleine, feste Brüste. Verwundert stellte Verena fest, dass sie ihre Blicke nicht von Sheila lassen konnte, wie sie ihren Hintern leicht schwingen ließ, während sie zwischen Koffern, Gläsern und Möbeln das Tablett balancierte. Tanja hatte sich gerade für einige Teile entschieden und bezahlte bei Carmen. Als sie fertig war, kam sie zu Verena: »Na, wie gefällt's dir?«, fragte sie. »Super«, antwortete Verena, »damit hätte ich nicht gerechnet.« Dabei nickte sie in Richtung der übrigen Gäste. »Tja, ich bin halt auch immer für eine Überraschung gut«, meinte Tanja und zeigte Verena ihre erstandenen BHs und Höschen. »Was meinst du hierzu? Traumschön, oder?«

Verena begutachtete die Käufe ihrer Freundin und gratulierte ihr zu ihrem guten Geschmack. Sie selbst hatte sich noch nicht entschieden, sondern probierte nun eine Kombination aus Bustier und Höschen aus nachtblauem Satin an.

Sie stellte sich vor den Spiegel und begutachtete sich. Plötzlich stand Sheila hinter ihr, fasste ihr an die Hüften und hauchte ihr ins Ohr: »Du siehst zum Anbeißen aus.« Verena legte ihren Kopf in den Nacken und lächelte Sheila im Spiegel aufreizend zu. Dann löste sich Sheila wieder von ihr und verabschiedete ihre Freundinnen, die nun wieder vollständig angezogen waren und mit Taschen voller neuer sexy Dessous aufbrachen. Verena bezahlte ihre ausgesuchte Wäsche, und auch Carmen packte ihre Sachen zusammen. Tanja zog sich ihren Pulli über und meinte: »Ich mach mich jetzt auch auf den Weg, soll ich dich mitnehmen? Dann musst du nicht auf den Bus warten.« Verena bemerkte Sheilas Blick und meinte: »Ach, weißt du, ich helfe Sheila noch ein wenig beim Aufräumen – ich nehme dann gleich den Bus, der fährt ja direkt vor der Haustür ab. Das ist kein Problem«, und machte eine Handbewegung, die die leeren Gläser auf dem Tisch umfasste. »Na gut«, meinte Tanja, nahm ihre Tasche und verabschiedete sich. Verena nahm ein paar leere Gläser und trug sie in die Küche.

Sheila stand vor dem Kühlschrank und öffnete gerade eine weitere Flasche Sekt. »Na, wenn du mit dem Bus nach Hause kommst, können wir uns ja noch ein Schlückchen genehmigen, oder?«, meinte sie und zwinkerte Verena zu.

Sie nahm zwei Gläser, füllte sie und ging wieder ins Wohnzimmer, wo sie auf der Couch Platz nahm und Verena einladend anschaute. Verena setzte sich neben sie und prostete ihr zu. »Auf meine erste Dessous-Verkaufsparty.« Sie stießen an und tranken. Sheila lehnte sich etwas zurück und sah Verena aus ihren braunen Augen an. Sanft strich sie über den BH-Träger und Verenas nackten Arm. »Du siehst wunderschön aus«, flüsterte sie und strich weiter zart an Verenas Arm auf und ab. »Ich mag deine brünetten Locken ...« Verena rückte ein Stück näher und ließ sich die Berührungen gefallen. Sie war ganz verzaubert von dem Augenblick und wusste nicht, wie ihr geschah.

Fast automatisch fassten ihre Hände nach Sheilas festen Brüsten und streichelten über den Stoff des BHs und die samtige Haut. Sie umfasste Sheila und öffnete den BH. Dieser fiel herunter und legte zwei feste, runde Brüste frei. Verena umfasste sie mit ihren Händen, zog sanft an den Brustwarzen und massierte sie mit den Fingerspitzen. Sheilas Hand griff unter Verenas BH und umfasste ihre linke Brust. Sie kam mit dem Kopf näher und sah ihr tief in die Augen. Dann öffnete sie ihre Lippen und küsste sie sanft. Verena erwiderte den Kuss heiß und innig, ihre Zunge schnellte vor und umspielte Sheilas. Dann löste sie sich und hauchte ihr ins Ohr: »Du machst mich wahnsinnig heiß, weißt du das?«, woraufhin Sheila ihr einen verführerischen Blick zuwarf. Dann löste sie sich und legte den Finger auf die Lippen, stand auf und verschwand. Kurz darauf kam sie mit einer kleinen Kiste wieder, die sie auf dem Boden neben dem Tisch abstellte. »Komm hierher, auf den warmen Teppich vor dem Fenster ...«, forderte sie

Verena auf und legte sich hin. Diese tat wie geheißen und legte sich zu ihr. Sie küsste sie auf den Mund, dann auf den Hals und auf die Brüste. Ihre Hände strichen über den ganzen Körper und wagten sich ein Stück unter Sheilas Slip vor. Sie saugte an ihren Brüsten und bemerkte Sheilas wachsende Erregung. Sheilas Hand griff nach Verenas und führte sie weiter unter ihr Höschen. Zart wagten sich Verenas Finger vor und gelangten zu ihrer heißen, feuchten Öffnung. Sie zog ihr das Höschen aus und kniete sich vor sie hin. Ihr Kopf verschwand zwischen den Beinen, und sie begann, Sheila zu küssen. Ihre Zunge fand ihre Klitoris und leckte darüber, erst langsam, dann nur noch mit der Spitze und schneller. Sheila bewegte ihr Becken leicht und stöhnte leise: »Oooh, das tut gut …«

Verena leckte weiter und schob ab und zu ihre Zunge auch in Sheila hinein, dann tat sie selbiges mit einem Finger und konzentrierte sich mit der Zunge wieder auf den Kitzler. Sie merkte, wie er mehr und mehr anschwoll.

Die andere Hand griff nach den Brustwarzen und drehte daran. Sheila stöhnte und genoss es sichtlich. Die unglaublich weiche und nasse Zunge auf ihrer Klitoris … Plötzlich bäumte sie sich auf und stöhnte laut. Verena legte sich neben Sheila und beobachtete deren Orgasmus. Bald atmete diese wieder normal und lächelte Verena an. »Jetzt lass mich dich verwöhnen …«

Verena schloss die Augen und legte sich auf den Rücken. Sheila fuhr mit ihrer Zunge an Verenas makellosem Körper vorbei, vom Hals über die Brüste, bis zum Bauchnabel und wieder zurück. Sie näherte sich Verenas Scham, leckte aber weiter nur oberhalb. Die zog Verena ihren String aus und umfasste ihren Hintern, während sie erst über die rechte, dann über die linke Brust leckte. Aus der Kiste, die sie eben geholt hatte, holte sie nun ein Fläschchen heraus und öffnete es.

Sie ließ ein wenig Bodyfluid über Verena laufen und beobachtete, wie sich die Härchen auf dem Körper aufrichteten. Dann massierte sie es mit beiden Händen über den ganzen Körper. Ihre warmen Hände fühlten sich wohlig auf Verenas Haut an, sie machte ein leichtes Hohlkreuz und gab sich Sheilas Massage hin.

Noch nie hatte Verena eine so entspannende und gleichzeitig so anturnende Massage erlebt. Sheila streichelte und knetete ihren Körper derart einfühlsam, dass Verenas Erregung mehr und mehr gesteigert wurde.

Plötzlich hielt Sheila inne und küsste sie wieder auf den Mund. Verena umarmte sie und stöhnte ihr zu: »Ich bin so scharf …« Sheila saugte an ihrem Hals und antwortete: »Ich auch. Ich will mit dir zusammen kommen … Warte ab.« Verena sah gespannt zu, wie Sheila wieder nach der Kiste griff. »W…« sie kam nicht dazu, ihre Frage zu stellen, denn Sheila legte einen Finger über ihre Lippen und machte: »Shhhhht.«

Sie hatte einen langen blauen Dildo in der Hand, dick, biegsam und wunderschön geschwungen. Der

Durchmesser variierte abschnittsweise, die dicken Stellen verhießen höchste Gefühle.

Sheila kniete sich wieder über Verena und leckte sie. Sie vergrub ihren Kopf zwischen Verenas Beinen und leckte immer wieder über die Klitoris, forsch und fordernd. Verena wurde unglaublich feucht und öffnete sich. »Ja, gib's mir«, bettelte sie. Sheila führte ihr den Dildo langsam ein und bewegte ihn in ihr. »Das gefällt dir, oder?«, neckte sie. »Und das Schönste ist, dass das Teil so lang ist. Pass auf, was wir hiermit tun können … Es heißt nicht umsonst ›Doppeltes Lottchen‹.«

Sheila setzte sich hin, legte ihre Beine neben Verena und lehnte sich zurück, bis ihr Kopf zwischen Verenas Füßen lag. Sie umfasste den Dildo mit einer Hand in der Mitte und steckte sich das andere Ende in ihre eigene Vagina. Dann rutschte sie mit ihrem Becken noch etwas näher an ihre Gefährtin.

Bald hatten die beiden Frauen einen gemeinsamen Rhythmus gefunden, in dem sie ihre Becken aufeinander zu- und voneinander losbewegten. Sie hielten sich an den Händen fest und zogen sich gegenseitig, so dass das »Doppelte Lottchen« tiefer und tiefer in sie eindrang. Beide spürten die dicken Glieder des Dildos, die sie immer wieder stimulierten.

Zusätzlich wurden sie durch die Lust der anderen erregt. Sie hoben ihre Rücken leicht ab und sahen sich an, ihre heißen Körper glänzten im Dämmerlicht. Verena sah zum Fenster hinüber und bemerkte, dass sie sich in der Scheibe spiegelten. Sie sah ihre Silhouette, die immer schneller werdenden Bewegungen und den zurückgeworfenen Kopf Sheilas. »Komm! Ich bin gleich so weit!«, rief diese ihr zu.

Verena stieß ihr Becken noch etwas vor und zog an Sheilas Händen. »Jaaa«, stöhnte sie laut. Dann wurden beide von einem wahnsinnigen Orgasmus geschüttelt. Sie ließen sich auf den weichen Teppichboden fallen und schlossen die Augen. Verena realisierte erst langsam, was sie soeben erlebt hatte. Welch eine Lust! Welch ein Wahnsinns-Orgasmus!

Später verabschiedete sie sich mit einem innigen Kuss von Sheila. Nie hätte sie sich träumen lassen, dass dieser Dienstagabend so enden würde. Die Verkaufsparty war wirklich ganz anders verlaufen als erwartet. Was wohl die nächste bringen würde?

Eine besondere Sightseeing-Tour

Ich habe eine verrückte Freundin, eigentlich ist sie eine richtige Busenfreundin, wir erzählen uns alles und kennen uns schon eine halbe Ewigkeit. Vorhin rief mich Betty ganz aufgeregt an und erzählte mir mal wieder eine ihrer absolut heißen Geschichten mit einer ihrer neusten Errungenschaften.

Der neue Auserwählte heißt Robert, und nachdem Betty Monate vorher Single gewesen ist, ist Robert nun endlich der einzig Wahre, Richtige, Beste, und überhaupt hatte sie nun SEHR viel nachzuholen. Es war eben zum hundertsten Mal Bettys große Liebe, und verrückt, wie sie war, musste sie mit ihm auch gleich eine Reise unternehmen. Wie sie schmunzelnd sagte, »um ihn noch besser kennenzulernen« – natürlich wusste ich, WAS sie damit meinte. Betty brauchte den absoluten Hammer-Typen im Bett, den großen Nimmersatt, der sie in fremde Galaxien entführte.

Diesmal hieß ihre Galaxie Schottland – ich musste lachen, als sie mir das erzählte, ausgerechnet Schottland, es war Spätherbst, und niemand anders konnte auf so eine verrückte Idee kommen, um diese Jahreszeit nach Schottland zu reisen – denn WAS außer heißen, wilden Sexnächten konnte man da oben schon unternehmen? Sie nannte es »Sightseeing-Tour«, und erstaunlich war, dass Robert sofort damit einverstanden war und die beiden kurzfristig ihre Reise gen Norden antraten.

Ja, und kurz nach ihrer Rückkehr rief sie mich eben an, um mir etwas wahnsinnig Wichtiges zu erzählen, und ich machte es mir auf meinem Ledersessel gemütlich und lauschte ihr gespannt:

Sie waren unterwegs, um sich alte Schlösser und Burgen in den Highlands anzuschauen – nebenbei wollten sie sich an der felsigen Küste bei langen Spaziergängen und herbstlichen Meeresstürmen noch von ihrem Alltagsstress erholen, einfach Spaß haben und viel Zeit miteinander verbringen. Sie hatten in einem kleinen Hotel namens »Castle Rock« direkt an der Küste eingecheckt. Natürlich gab es um diese Jahreszeit kaum andere Hotelgäste. Sie suchten sich das schönste Zimmer mit Meerblick aus, und Betty freute sich auf die erste gemeinsame Nacht. Als sie abends verzweifelt ihr Pillen-Päckchen suchte und nicht fand und mit Schreck auch noch feststellte, dass sie genau in der Eisprung-Zeit lag … sah sie schon ihre wilden und heißen Nächte mit Robert wie vom Winde verweht dahinsausen! Aber Betty hatte diesmal einen sehr guten Fang mit Robert gemacht, denn er hatte auch etwas ganz Besonderes mit ihr vor – hierfür bräuchte es keine Pille oder sonst irgendwelche Rückzieher, im Gegenteil – er würde mächtig zustoßen, aber eben ganz anders …

Robert küsste sie sanft und lange, nagte an ihren Ohrläppchen und sagte ihr, dass sie sich entspannen solle, er würde sie nun gaaannnz langsam verwöhnen, und er würde sie in eine völlig neue Welt – im wahrsten Sinne des Wortes – einführen. Er küsste sie am ganzen Körper, spielte mit seiner Zunge an ihren Brustwarzen, bis sie steif wurden, und glitt mit seinem Kopf tiefer hinab – tiefer, immer tiefer, bis er zwischen ihren Oberschenkeln lag und damit begann, ihre Klitoris mit der Zunge zu lecken. Er ließ sich viel Zeit. Sehr viel Zeit. Während er sie küsste, spielte er mit seinen Händen an ihren festen Brüsten. Langsam begann Betty sich zu bewegen, sie stöhnte leise auf und verlangte nach mehr, doch Robert ließ sie zappeln … er küsste weiterhin sanft und auch wieder fordernd ihre Klitoris, bis er zu ihr sagte: »Betty – mach die Schublade neben dir am Kopfende auf und gib mir das Schächtelchen.« Betty schaute ihn kurz erregt an und griff tollpatschig nach der Schachtel. Sie las »Toyfluid« und »Gleitgel« und lachte leise auf. Was hatte er mit ihr vor?

Robert nahm das Fluid und befeuchtete damit seinen linken Mittelfinger, gleichzeitig schob er Betty sanft mit ihrem Po zur Seite, streichelte ihre Klitoris mit der anderen Hand weiter und berührte nun zärtlich ihre Po-Spalte. Der Finger mit dem Gleitgel glitt weich zwischen ihrer Scheide und dem After auf und ab. Es fühlte sich gut an. Betty erahnte sein Spiel und legte sich auf den Bauch. Er küsste sie auf ihren herrlich runden Hintern und begann ihre Poöffnung mit seinem Finger und dem Gel zu weiten. Langsam entspannte sie sich, ließ sein Fingerspiel zu und atmete flacher. Er unterbrach immer wieder und küsste mit seiner Zunge nun auch ihre Pobacken, er glitt sanft mit dem Finger in sie hinten ein, und dabei stöhnte sie erregt auf. Sie forderte nun mehr – doch Robert kam langsam mit dem Finger wieder heraus, massierte ihren Hintern und richtete sich schließlich auf. Betty schaute ihn fordernd an, sie wollte mehr!!! Was hatte er vor? Lächelnd sagte er ihr, dass er für den morgigen Tag eine Überraschung geplant habe, so lange müsse sie sich noch gedulden.

Betty schaute etwas trotzig, aber sie war erfahren genug, um doch noch an diesem Abend zu ihrem Vergnügen zu kommen, und befriedigte sich schließlich stürmisch vor ihm – während er sich den morgigen Tag schon genau vorstellte und ihr lächelnd und erwartungsvoll dabei zusah.

Die alte Burg wirkte düster, und die kleine Gruppe von Touristen stand eng zusammengedrängt am Toreingang. Der Wind blies kräftig vom Meer herüber, und Betty kuschelte sich fest an Robert. In Gedanken war sie nicht bei dieser Sightseeing-Tour, sondern bei dem bevorstehenden Abend, sie war sich sicher, dass Robert die Nacht für seine Überraschung eingeplant hatte, und sie freute sich schon darauf.

Die ältere Dame führte die Gruppe durch lange Säle, dunkle Kammern, hohe Türme, vorbei an Ahnengalerien und Ausstellungsstücken aus dem Mittelalter. Schließlich kamen sie in einen Raum im zweiten

Stock mit Blick in den Garten – der Raum wirkte hell, die Dame nannte ihn den »blauen Salon«, sprach von einer Maitresse, die in diesem Raum mit ihrem Burgherrn selbst das Heulen des ständigen Windes mit ihrem Geschrei übertönte und den sein Ableben bei einer dieser berauschenden Nächte in diesem Bett ereilte. Betty schaute Robert an … und als sich die Gruppe anschickte, den Raum zu verlassen, um auch die Tour durch die Burg zu beenden, griff Robert nach Bettys Hand.

Sie blieben stehen, und sie verstand, verführerisch bewegte sie sich auf das Himmelbett zu – während Robert ihr sehnsüchtig nachschaute und sich immer noch nicht vom Fleck bewegte. Sie setzte sich auf den Bettrand und begann sich langsam vor ihm zu entkleiden, der Wind blies kräftig um die Burgmauern, und es wurde dunkel draußen. Robert zündete die Kerze an, die sich gegenüber vom Bett auf einem Sekretär befand. Das Kerzenlicht flackerte ungeduldig durch den Raum, während Betty sich völlig nackt mit dem Rücken auf das weiche, warme Bett legte, ihre Beine spreizte und ihn erwartete.

Robert näherte sich ihr, durch das orangefarbene Licht in diesem blau gekleideten Raum wirkte ihr lüsterner Blick auf ihn wie ein Blitz. Er zog spontan und schnell ein schwarzes Halstuch aus Seide aus seinem Anorak und ließ es vor ihren Augen baumeln. »Überraschung«, sagte er lächelnd und zog sie an sich. Betty war nun wirklich überrascht. Hier???? Aber Betty war für solche außergewöhnliche Spielchen die ideale Partnerin, und sie schloss erwartungsvoll die Augen und ließ sich das Tuch um ihren Kopf fest zubinden. Sie tastete nach seiner Hose, suchte seinen inzwischen schon sehr erregten Penis, packte ihn aus und fing an, ihn mit ihrem Mund zu liebkosen; währenddessen strichen seine Finger zwischen ihren weit gespreizten Beinen, und sie wurde feucht. Er schob sie langsam höher auf das Bett und drehte sie um. Sie kniete nun auf dem Bett, und außer seinem Atem und dem Öffnen eines Schächtelchens konnte sie nichts wahrnehmen. Diesmal ging er direkter vor, benetzte sie von hinten zwischen Pobacken und Scheide mit Fluid, während er gleichzeitig ihre Klitoris erfreute. Wieder hörte sie ein Rascheln und das Öffnen einer Schachtel. Was machte er? Das Gleitgel war überall in ihr – was packte er noch aus? Der Gedanke es nicht zu wissen, erregte sie – sie spreizte in diesem Vierfüßlerstand noch weiter ihre Beine auseinander, und ihre Öffnung weitete sich dadurch noch mehr. Robert glitt mit dem linken Mittelfinger hinein, es schmerzte nicht – nein, im Gegenteil sie wollte endlich mehr. Erneut spürte sie, wie er sich zur Seite drehte, und plötzlich spürte sie etwas weiches, sanft und doch stetig in sich eindringen. »Was ist das?«, stöhnte sie und drehte sich um, als könne sie trotz Augenbinde etwas sehen. Er sagte nichts, außer dem Heulen des Windes und ihrem erregten Stöhnen war es still, und doch vibrierte der Raum.

Erst fühlte sich dieses Etwas dicker an, dann wieder dünner, schließlich war es ganz in ihr, Robert bewegte es, und in ihrem weichen, vom Gleitgel rutschigen Analkanal zog er es abwechselnd nach vorne und dann wieder ganz nach hinten. Sie wusste nicht – was es war – aber es war herrlich, es kitzelte und rieb an ihren Wänden, und je fester er zog, desto mehr spürte sie die Erregung tief in sich. Doch damit nicht genug. Während er in ihr mit diesem Toy herumspielte, griff er von unten nach ihren Brüsten und streichelte abwechselnd mit seinen Fingern ihre Klitoris. Betty begann sich rhythmisch zu bewegen, vor und zurück, und begann lauter zu stöhnen.

»Sie werden uns suchen«, stöhnte sie, »nein – sie sind längst weg, und der Wind pfeift so laut um dieses Gemäuer – niemand wird uns hören, du kannst schreien, Betty, du kannst schreien so laut, wie du willst.«

Der Gedanke, endlich alles rausschreien zu können, in diesem Maitressen-Bett zu liegen, diese weiche, lange Spielzeug in ihrem Gesäß zu spüren, den Mann fordernd mit seinen Händen an ihr herumspielend und nichts sehend – nur erahnend, was sich in ihr aufwühlte, erregte sie immer mehr. Gerade als sie fast darum bettelte, endlich kommen zu dürfen, ihre Bewegungen schneller wurden, zog er das Toy langsam, ganz langsam heraus, es erregte sie so sehr, dass sie beinahe gekommen wäre, er bat sie, noch zu warten, sich zurückzuhalten, doch das Entziehen dieses flexiblen Spielgefährten aus ihrem After gab ihr beinahe den Rest, und vor Erregung begann sie am ganzen Körper zu zittern. Sie wollte sich gerade endgültig fallen lassen, da glitt er mit seinem Glied in sie hinein. Diesmal schrie sie auf – der Schrei flog übers Meer, und während er sich langsam und doch tief in ihr bewegte, ihre Po-Backen festhielt und dann wieder an ihren Brustwarzen fest und fordernd zog, überkam sie eine endlose Welle, ein Dröhnen in ihren Ohren, ein weiterer Schrei in das dick befederte Kissen hinein, ein Erzittern ihrer Vagina, sein Erguss in ihrem After, so warm und ganz anders, so tief und intensiv, bis sie sich endlich erschöpft niederlegten und das soeben Erlebte noch eng aneinandergekuschelt nachfühlten.

Sie hatten nicht viel Zeit, dieses Gefühl zu genießen. Sie hörten Schritte, eine quietschende Tür – »Der Nachtportier« – schoss es Robert durch den Kopf, vielleicht hatte er doch etwas gehört??? Sie zogen sich in Windeseile an und rannten wie zwei Schlossgespenster die Steintreppen hinunter und hinaus in die stürmische dunkle Nacht.

Zurück in ihrem Hotel, nahmen sie einen heißen Tee zu sich und waren durch die wilde Fluchtaktion noch ganz erschöpft. »Was war das, Robert? Zeig her, ich will es auch mal sehen!« Robert wühlte in seinen Anoraktaschen. Zwar fiel das schwarze Halstuch auf den Teppichboden, doch wo war sein Toy? »Verdammt« – und er schmunzelte bereits, »wir haben Flexi Felix auf dem Bett liegengelassen. Er hat so ein lustiges Käfergesicht, mit dem man es wieder hinauszieht … schade, dass du es jetzt nicht sehen kannst …«

»Was – wie bitte – was für ein Ding??? Felix???« Betty lachte.

Nun mit so einem lustigen, beweglichen Gesellen hatte sie es noch nie getrieben, aber sie bestand darauf, dass sie dieses Abenteuer in Deutschland doch sofort wiederholen mussten. Die Sightseeing-Tour endete zwar woanders, doch eigentlich genau da – wo Betty es zwar nie erwartet hätte, sich aber immer eigentlich gewünscht hatte?

Natürlich musste sie mir dies alles sofort nach ihrer Rückkehr lachend am Telefon erzählen. Und so sitze ich nun an meinem Kamin, habe es mir hier auf meinem Schaffell gemütlich gemacht, lasse Bettys Geschichte Revue passieren und muss schmunzeln, wenn ich daran denke, wie die alte Dame mit ihrer neuen Touristengruppe am folgenden Tag den blauen Salon betrat und alle sich stirnrunzelnd um Flexi Felix gesellten und beratschlagten, aus welchem Jahrhundert dieses denkwürdige Teil wohl stammen mochte …

Why not?

Es schneite an jenem Samstagabend und war ungewöhnlich kalt für die Jahreszeit. Ich hatte es mir auf meiner Couch gemütlich gemacht, eingewickelt in eine warme Kuscheldecke, die Kerzen brannten flackernd am Fenstersims, der Wind pfiff ums Haus, und ich hatte mir einen herrlichen Liebesfilm in den DVD-Player eingelegt. Nichts, aber auch rein gar nichts würde dieses Winter-Idyll an jenem Samstagabend stören. Zumindest glaubte ich das.

Ausgerechnet als ich gerade schmachtend in dem Film aufging, klingelte das Telefon. Ich räkelte mich zeitlupenartig Richtung Hörer und nahm das Gespräch entgegen.

Es war Freddy, mein schwuler Freund, und auch ihn hatte die diesjährige Winter-Bazille gepackt; von Liebeskummer geplagt, schilderte er mir seinen theatralischen Abgang, er müsse unbedingt raus, bevor ihm völlig die Decke auf den Kopf fallen würde.

Ich hatte selbst dieses so entsetzliche Feeling noch recht taufrisch intus, und bei Freddy bestand schließlich in keiner Weise die Gefahr, bei einem nächtlichen Ausgang irgendwie angebaggert zu werden.

Was tut man nicht alles für Freunde? Natürlich wollte Freddy raus an jenem Abend. Genau das Gegenteil von meiner Samstagabendplanung. Aber jetzt, da ich in Stiefeln und Mütze bewaffnet vor seiner Haustüre stand, war es sowieso egal.

Wir fuhren in seine vielgepriesene und hochgelobte Schwulen-Bar Richtung Kreisstadt, ins »*Why not?*«. Ich würde hübsche Jungs sehen und mal sehr unbedarft in eine völlig andere Welt eintauchen. *Dachte* ich.

Die Bar war rappelvoll; und was für hübsche Kerlchen sich dort aufhielten! Wir hatten viel Spaß, herrlich alte schnulzige Schlager wurden gespielt, die Jungs knutschten herum, es wurde sogar getanzt, ab und zu umarmte mich einer und sagte: »Was für ein Jammer, dass ich schwul bin!« – diese Sätze waren wie ein Sauerstoffzelt für mich. Ich blühte regelrecht auf, kokettierte herum, genoss den Weißwein, rauchte wie ein Schlot, lachte und alberte mit Freddy und den Jungs herum.

Plötzlich stand ein Glas Champagner vor mir auf dem Tresen. Verblüfft schaute ich die Jungs an und meinte lachend, das wäre aber eine nette Geste, so verwöhnt zu werden. Pustekuchen, der dunkelhaarige Jüngling mit der Römernase schaute verschmitzt an der Theke entlang und nickte jemandem zu. Ich drehte mich um, und da sah ich *sie*.

Wunderschön. Das war mein erster Gedanke. Eine wunderschöne Frau. Diese Augen. Dunkel wie Smaragd. Diese kurzen frechen schwarzen Haare. Lausbuben-Haarschnitt. Dann ihr Outfit – eine geile schwarze Lederjacke, knackige Jeans in einem superschlanken Body. Die Lippen, verführerisch einladend, die Zähne blitzweiß und ein Lächeln zum Dahinschmelzen.

Ich hob kokett mein Glas und prostete ihr zu. Sogleich rückte sie zwei Barhocker näher, stieß mit mir an, und während wir das Glas in einem Zug leer tranken, versanken unsere Blicke zeitlos, heraus aus dem Augenblick und dann, völlig entrückt, in eine andere Dimension hinein.

Freddy hatte Spaß mit den Jungs. Einer von ihnen flüsterte mir ins Ohr, Kristina wäre die heißeste Braut aller Lesben in diesem Laden.

Aller Lesben? Ich dachte, hier gäbe es nur Schwule?! Eine lesbische Neigung hatte ich bei mir bis dato nun wirklich noch nicht festgestellt. Kristina stellte jedoch alles in den Schatten. Unter ihrem enganliegenden schwarzen T-Shirt blitzte ein freches Tattoo rechts oberhalb ihrer kleinen Brust heraus. Ein kleiner Salamander prangte auf ihrer gebräunten Haut. Sie war jünger als ich. Und auch sie war hin und weg von mir. Unübersehbar. Sie ließ mich nicht mehr aus den Augen. Wir begannen zu reden. Wir flachsten herum, lachten, ab und zu berührten wir uns vorsichtig und neckisch am Arm, an den Händen; es verursachte Gänsehaut bei jeder Berührung, irgendwann nahm sie meine Hand, streichelte sie, küsste sie, schaute mich dabei verwegen an, ich ließ es geschehen, es war als hätte man mich betäubt, willenlos.

Sie fragte mich, ob ich nicht Lust hätte, mit ihr eine

Etage höher zu gehen, oben im ersten Stock wäre eine gemütliche Sitzecke, in der die Pärchen kuschelten und schmusten. Ich nickte ihr zu, und wir stiegen die Treppen empor. Mein Herz pochte mir entgegen bis zum Hals. Freddy schaute mir verschmitzt nach. »Komm auch wieder runter, meine Liebe.« Rief er mir zu, dann wandte er sich wieder seinen lachenden Jünglingen zu.

Oben in der Kuschelecke war niemand. Erleichterung. Wir setzten uns. Kristina begann, mir die Haare aus dem Gesicht zu streicheln, ich schaute auf ihre Lippen. Wie es sich wohl anfühlte, solche Lippen zu küssen? Ihre Brustwarzen standen nun sichtbar unter ihrem T-Shirt ab. Und wie es sich wohl anfühlte, diese Brüste zu berühren?

Ich küsste sie sanft, sie erwiderte meinen Kuss und streichelte dabei meine Oberschenkel. Ich spürte, wie ich zwischen meinen Beinen feucht wurde. Sie begann mich leicht zu umarmen; mit einer Hand streichelte sie meinen Nacken, die andere wanderte sanft und doch fordernd an meinen Schenkeln entlang. Wir küssten uns intensiver. Ihre Haut roch wie Vanille. Ihr Kuss ein Gedicht, sinnlich und fordernd ihre Zunge. Ich fuhr mit meiner Hand über ihr Dekolleté und mit der Handinnenfläche außen an ihren Brüsten vorbei. Sie stöhnte kaum hörbar auf und küsste mich nun intensiver, ihre Hand wanderte sehr langsam, aber unaufhaltsam in Richtung meines Lusttempels.

Plötzlich kamen lallend und lachend zwei Männer

die Treppe nach oben gestiefelt. Ich wollte mit Kristina alleine sein. Wir schauten uns tief in die Augen und verstanden. Wir brauchten Platz, Zeit und Ruhe für uns.

Während ich mich von Freddy verabschiedete und ihm sagte, Kristina würde mich nach Hause fahren, und anschließend gemeinsam mit ihr händchenhaltend zu ihrem Auto lief, fragte sie mich: »Hast du so was schon mal gemacht?« Ich schüttelte stumm den Kopf. Aber wenn, *dann* mit ihr, dachte ich im Stillen.

Wir versuchten, eine lockere Atmosphäre im Auto zu verbreiten, doch erneut wurde ich von einer neugierigen Nervosität erfasst. Wie würde es werden? Würde es mir auch gefallen? Ich hatte null Erfahrung. Bei ihr angekommen, stiegen wir die vier Etagen bis zu ihrer Dachwohnung empor. »Ein richtiges Liebesnest!«, kam es mir in den Sinn.

Als sie die Türe öffnete fragte ich sie, ob sie schon sehr lange wüsste, dass sie lesbisch sei. Ja, antwortete sie sanft und lächelnd, seit sie 14 war. Frauen seien überhaupt das Beste. Ich schaute sie fragend an.

»Wenn du gehst, dann wirst du verstanden haben.«

Und schon standen wir in Ihrer Wohnung.

Kristina legte sanfte Musik auf. Katie Melua sang lasziv und sinnlich im Hintergrund. Kristina zündete vier Kerzen auf dem Glastisch an, ein weißer Kater verließ miauend das Wohnzimmer. Ich setzte mich etwas unwirklich auf die Couch.

Mach es dir gemütlich, ich hole uns etwas zu trinken, sagte Kristina. Sie war sehr aufmerksam, das fiel mir von Anfang an besonders auf.

Kurze Zeit später saßen wir wieder vereint auf der Couch. Wir fingen dort an, wo wir im »*Why not*« aufgehört hatten. Wir streichelten uns und zogen uns dabei gegenseitig langsam aus. Kristina küsste mich auf die Lippen, zwischendurch nahm sie meine Hände, streichelte sie, küsste sie sanft, berührte mich mit ihren langen, schmalen Fingern am Hals, küsste mich dort, fuhr mit den Fingern an meinen Armen entlang, streichelte mir über den Kopf, während ich es beinahe untätig geschehen ließ und nur in mich hineinhorchte und fühlte, was mit mir geschah.

Ihre sanfte Zärtlichkeit öffnete mich wie eine Venusmuschel. Ich war gierig darauf, ihren Körper zu berühren. Sie war so schlank und hatte einen beinahe maskulinen Körper, ihre definierten Muskeln ließen auf ein tägliches Sportprogramm schließen. Ihr Gesicht und ihre Augen waren jedoch so weiblich, so klar, voller Wärme und Liebe. Diese Frau musste ich spüren. In dieser Nacht. An diesem Ort.

Wir saßen uns gegenüber, beide hatten wir nur noch unsere Unterwäsche an, und beide hatten wir einen ähnlichen Geschmack, feine Spitzen-Dessous, sie in Weiß und ich lustigerweise in Schwarz. Wir berührten uns über den BHs, fuhren gegenseitig über unsere harten Brustwarzen, dabei küssten wir uns immer wieder mit einer Zärtlichkeit, die kaum zu beschreiben war; wir küssten uns auf den Mund, die Nase, die Augen, die Backen, den Hals hinab, sie massierte meine Füße und glitt abwechselnd an den Innenseiten meiner Oberschenkel auf und ab. Irgendwann hörte ich mich flüstern: »Zieh dich aus, Kristina.« Sie lächelte und nickte, zog sich aus, dann half sie auch mir, das letzte Kleidungsstück vom Körper zu streifen. Sie kniete sich vor die Couch und küsste meinen Bauch. Sie roch an meiner Scheide und lächelte mich an. »Du riechst phantastisch. Du bist eine wunderschöne Frau.« Ich hielt ihre Hand fest und sagte beinahe heiser: »Nein du – du bist perfekt.«

Jetzt war das Eis endgültig gebrochen. Wir alberten herum, küssten uns intensiver, sie legte sich immer wieder auf mich und rieb ihre kleinen festen Brüste an meinem warmen Körper. Dann glitt sie tiefer. Ich wusste, was kam. Ich dachte, endlich, nach so langer Zeit würde ich dort unten wieder einmal geküsst werden, und wer weiß, vielleicht auch …

Sie spreizte sanft meine schlanken Oberschenkel und begann mich zu lecken. Sie leckte, wie sie küsste. Und genau das trieb mich zum Wahnsinn. Nicht dieses wilde Herumfuchteln mit einer ungeduldigen Zunge. Nein! Sie leckte, als würde sie ein Eis lecken, langsam und mit Genuss, es schien ihr unendlich gut zu gefallen, sie ließ nicht von mir ab, und ich konnte mich dadurch endlich fallen lassen, entspannen, ich spürte: Hier war kein Zeitdruck. Im Gegenteil, wir hatten alle Zeit der Welt und noch viel mehr. Dieser nasse Brunnen sollte ausgelutscht werden in dieser einen Nacht, bis er sich auf einmal wieder füllen sollte mit süßem, warmem Scheidensaft.

Kristina spreizte, während sie mich unten an meinem Eingang leckte, sanft und doch mit einem gewissen Druck immer weiter meine Beine auseinander. Zuerst öffnete sie mit ihrer Fingerfertigkeit meine Scheide und suchte sich ihren Zungenweg nach innen und doch immer wieder zurück zu meinem kleinen harten Lusthügel. Ihre Hände wanderten nun zeitgleich zu meinen großen runden Brüsten, sie begann, mit ihren Fingern geschickt an meinen Brustwarzen zu ziehen.

Dabei überkam mich plötzlich schwindelnde Lust. Ich streckte ihr mit sanftem Druck im Unterleib meine Möse tiefer in den Mund. Nun meinte ich den Duft ihrer Haut, vermischt mit meiner triefenden Scheide, riechen zu können. Ich wand mich in ihrer Umklammerung und spürte, wie sich das Ziehen im Unterleib ausbreitete. Während sie das Lecken wieder verlangsamte, drückte ich mit meinen Händen ungestüm ihren Kopf fester zwischen meine Oberschenkel und bat um Erlösung. Sie leckte langsam weiter, und genau in dieser Zeitlupe ergoss ich mich, in dieser zeitlosen Leckerei und diesem bestimmenden Ziehen an meinen Brustwarzen überkam mich dieser einmalige Orgasmus mit einer Heftigkeit, wie ich sie nie zuvor erlebt hatte. Ich stieß meine Lust stöhnend heraus, bäumte mich leicht auf, während sie sanft von mir ließ und schließlich beglückt meinen Bauch küsste.

Ich war einen Moment lang unfähig zu denken, unfähig etwas zu sagen.

Nach einer kleinen Ewigkeit lag sie irgendwann neben mir, hatte uns mit einer warmen Decke zugedeckt und streichelte mir erneut unaufhörlich sanft über den Körper; ich schaute sie an und sagte: »Und du, Kristina – was ist mit dir? Du bist ja völlig zu kurz gekommen?!« Sie lächelte und strich mir das feuchte Haar aus der Stirn.

»Nein, du Schöne der Nacht! Ich habe es genossen, dich so sinnlich und erotisch zu erleben.«

Ich begann sie zu küssen und sah im Augenwinkel den Vibrator auf dem Glastisch liegen. Ich wollte Kristinas Lust noch hier und heute erleben. Die Nacht war lang, der Raum roch nach süßlichem Verlangen. Ich drehte sie behutsam zur Seite, griff nach dem langen, großen Vibrator, machte ihn an und strich ihn über ihre Möse, küsste sie liebevoll und flüsterte ihr ins Ohr:

»Why not?«

Erste Hilfe

Ich hatte den letzten Termin an diesem Tag bei meiner Frauenärztin erwischt. Ich war froh, überhaupt so schnell in ihrer gefragten Praxis noch in dieser Woche einen Termin bekommen zu haben. Es war bereits halb acht, als ich dort eintraf. »Eine Routineuntersuchung bei Frau Doktor«, sagte ich zu den Damen am Schwesterntisch, als ich mich anmeldete. Die freundliche junge Frau sah mich irritiert an und meinte, dass Frau Doktor doch im Urlaub sei, ob man mir denn nicht mitgeteilt hätte, dass ein Vertretungsarzt die Sprechstunden in dieser und der nächsten Woche übernehmen würde. »Nein«, sagte ich und insgeheim ärgerte ich mich darüber. Gerade für solch intime Untersuchungen war es mir schon immer wichtig, eine Person meines Vertrauens zu haben. Ich überlegte kurz, ging in Gedanken die Termine der nächsten Wochen durch und entschied mich aufgrund meines vollen Terminkalenders zu bleiben.

Ich nahm im Wartezimmer Platz und vertiefte mich in eine der Klatschzeitschriften, die ich besonders gerne beim Arzt oder Frisör las.

Die Sprechstundenhilfen verabschiedeten sich

nach und nach. Nur eine blieb noch hinter dem Pult und erledigte Papierangelegenheiten. Dann forderte sie mich auf, schon einmal in das Sprechzimmer zu gehen, der Doktor käme gleich.

Ich nahm meine Tasche und meinen Mantel, legte die Zeitung zurück und ging langsam ins Zimmer – nicht ohne Aufregung. Seit ich ein junges Mädchen war und das erste Mal den Frauenarzt aufsuchte, betreute mich in dieser Angelegenheit eine Frau. Es irritierte mich, gleich breitbeinig und völlig entblößt vor einem Mann zu sitzen. Wenn ich aber ganz ehrlich war, musste ich zugeben, dass mich der Gedanke erregte …

Ich setzte mich in den Sessel, auf dem ich schon so oft Platz genommen hatte, und wartete, als die Tür zum Sprechzimmer aufgerissen wurde und ein großer Mann mit wehendem Kittel langen Schrittes auf mich zukam. Er lächelte und streckte mir freundlich die Hand entgegen. Sie war kühl und leicht feucht, als hätte er sie gerade gewaschen. Er hatte einen festen Händedruck, und seine Augen blickten bei seiner Begrüßung geradewegs in meine. Mein Herz tat einen Satz, dass konnte ich spüren, während er sachlich, wenn auch lächelnd, mir gegenüber Platz nahm und nach meinen Beschwerden fragte. Ich sagte ihm, dass ich zur halbjährlichen Kontrolluntersuchung da sei, während er meine Akte studierte und nickte.

Er bat mich, mich »obenrum freizumachen«, und ich musste lächeln bei diesem komischen Ärztejargon.

Ich ging hinter den Vorhang der Umkleidekabine und zog meinen Pulli und meinen BH aus, dann trat ich vor ihn. Er schaute auf meine Brüste als er sich räusperte und sagte, dass er nun routinemäßig meine Brust abtasten würde. »Oh ja«, dachte ich »taste nur und lass dir Zeit!«. Ein Kribbeln durchzog meinen Körper, er gefiel mir. Er hatte große Hände, die zu ihm passten, denn er selbst war auch sehr groß. Ich weiß, dass solche Gedanken dort gar nicht hingehörten, aber ich fragte mich, ob Mutter Natur auch an seinem besten Stück nicht gespart hatte.

Weich und zart schob er seine Hände über meine Brüste, drückte sanft und doch fest, und ich konnte hören, dass er dabei tiefer atmete. Es ließ ihn nicht kalt! Ein Gynäkologe, der täglich und Jahr für Jahr unzählige Frauenbrüste abtastet, kommt ins Schwitzen, während ich halbnackt vor ihm stehe. Der Gedanke erregte mich mehr und mehr, und ich sah, wie sich durch meine Gedanken und seine Berührungen meine Brustwarzen aufrichteten. Er starrte sie an, und ich hatte das Gefühl, Gier in seinen Augen zu sehen, und ich konnte spüren, dass er versuchte, sie zu unterdrücken. Er war mein Arzt, das würde ihn die Zulassung kosten. Mir war klar, dass ich den ersten Schritt gehen müsste, wenn ich heute noch etwas anderes erleben wollte als eine Routineuntersuchung. Jetzt wollte ich aber erst mal genießen, denn der aufregende Teil der Untersuchung kam ja erst noch!

Er schluckte, bevor er mich bat, mich »obenrum« anzuziehen und mich »untenrum freizumachen«.

Seine Zurückhaltung, seine unterdrückte Erregung, seine vorgeschobene Souveränität machten mich noch heißer.

Nur mit meinem BH bekleidet, nahm ich in dem großen Stuhl Platz, spreizte meine Beine weit, und während ich ein Bein nach dem anderen in die Halterung legte, sah er mir direkt in meinen Schritt.

Als ihm das bewusst wurde, riss er den Kopf herum und suchte nach dem Ultraschallgerät. Er nahm es in die Hand, und mich durchfuhr es heiß. Mich erinnerte das Gerät eher an einen langen schmalen Dildo, und als er es mit Gleitmittel einrieb, gab es für meine Phantasie kein Halten mehr. »Herr Doktor« traute sich was, denn das war bei »Frau Doktor« keine übliche Behandlung. Er spritzte sich etwas von dem Gleitgel auf seine Fingerspitzen und rieb meine vor ihm klaffende, weit geöffnete Muschi sanft damit ein. »Oh Gott«, dachte ich. Ich spürte, wie ich total feucht wurde und sich mein Saft mit der Flüssigkeit vermischte.

Dann rückte er näher an mich heran, sein Kopf war zwischen meinen Beinen, seine Augen sahen mich an, während sein Mund mit meiner Lustknospe auf einer Höhe war. Ich dachte, wenn er doch nur etwas näher rücken würde … Mit einer Hand zog er mein Loch auf, und er hatte es drauf, dem Ganzen den Anschein einer medizinischen Notwendigkeit zu geben … wir beide wussten, dass das nicht so war. Ich spürte, wie ich mich öffnete, als er mit der anderen Hand langsam den langen Schaft des Gerätes in mich hineinschob. Er sah mir in die Augen. Ich warf meinen Kopf nach hinten, ich konnte nicht anders, die ganze Situation erregte mich so sehr, dass ich laut aufstöhnte. Das Ganze war längst keine Untersuchung mehr, er schaute nicht einmal auf den Monitor des Ultraschalls, im Gegenteil, er presste den Stock tief in mich hinein, zog ihn heraus, um ihn dann wieder bis zum Anschlag in mir zu versenken. Der Daumen seiner Hand, die mich aufhielt, umspielte meine Knospe, immer schneller, und fester, und ich konnte spüren, wie ich stärker und stärker anschwoll. Das alles erregte mich so unermesslich, und er war so perfekt in dem, wie er mich anfasste, ich wollte die Situation auskosten, warten, was er noch für mich bereithielt, aber ich konnte nicht an mich halten. Ich war nicht mehr Herr meiner Sinne. Ich spürte nur ein langes vertrautes Ziehen, ein Aufbäumen, als ich kam. Mein Fotzensaft spritzte aus mir in demselben Atemzug, wie ich mein Stöhnen aus meiner Kehle presste. … Ich zuckte noch, als er den Stab aus mir gleiten ließ.

Ich nahm meine Beine herunter und setzte mich wieder auf, dann schaute ich ihn an … in seinen Augen blitzte es. Ich kann es nicht erklären, aber ich spürte eine ganz besondere Energie. Ich stand auf und trat nah an ihn heran. Als ich ihn anbrüllte, was er getan hätte, zuckte er noch mehr zusammen. Für mich war es ein Spiel, für ihn auch, aber es erschreckte ihn doch, mit welcher Kraft ich plötzlich die Stimmung veränderte. Ich weiß nicht, woher ich es wusste, aber ich spürte, dass es das war, was jetzt passieren sollte.

Ich holte aus und schlug ihm mit der flachen Hand ins Gesicht. Meine Finger zeichneten sich rot auf seiner Wange ab, als er anfing zu winseln, dass es ihm furchtbar leidtäte, er aber einfach nicht anders konnte. Er schluchzte und unter meinem abschätzenden Blick zuckte er noch mehr zusammen. Ich holte aus und schlug ihm noch einmal hart ins Gesicht. Er bettelte, ich solle ihn nicht schlagen, als ich zu ihm sagte: »Jetzt wirst du erleben, wie es ist, auf diesem Stuhl breitbeinig vor mir zu liegen! Zieh dich aus, aber schnell!« Er stand er auf, schaute mich von unten an und zog sich hastig seine Hose aus. Er war gierig, so unsagbar gierig. Dieses Spiel war genau das, was er wollte, und er sollte es haben.

»Setzt dich und lege deine Beine in die Halterung!« Er tat es. Etwas unsicher, was ich nun mit ihm tun würde, war er wohl schon, aber sein riesiger Schwanz ragte steif nach oben. »Schieb deinen Arsch näher zu mir nach vorne!«, befahl ich in leisem, zischendem Ton, und er folgte. »Jetzt wirst du erleben, wie es ist, dort zu liegen, ausgeliefert. Jammern wirst du!« Ich rollte mit dem Stuhl nahe an ihn heran, dann schob ich ihm meinen Zeigefinger in den Mund. »Leck ihn an!« Mit nasser Zunge, sabbernd, kam er diesem Befehl nach. Dann steckte ich meinen triefend nassen Zeigefinger tief in seinen Arsch! Ich spürte seinen harten Schließmuskel, aber als ich tiefer und härter in ihn drang, gab er nach. Er stöhnte laut auf, er hatte

Schmerzen, und er genoss sie. Er wimmerte laut »Auaahhh!«, und ich wusste, er wollte noch mehr! Ich spritzte das Gleitmittel direkt auf sein Loch und schob dann zwei Finger in ihn hinein. Mit meiner anderen Hand schlug ich seinen Schwanz und fragte ihn, was das soll, dass er mir hier seine Riesenlatte ins Gesicht streckte. Ich trieb ihm meine beiden Finger bis zum Anschlag fest in seinen heiligen Gang. Er röchelte und verdrehte die Augen, mit seinen Händen klammerte er sich an den Armlehnen des Sitzes fest. Gott, das tat mir so gut!!

Plötzlich ging die Tür auf. Die Schwester, die als Letztes noch die Unterlagen sortierte, stand in der Tür. Wir schauten uns an, und ich wusste, dass sie verstand. Sie schloss die Tür und kam zu uns.

Der gute »Herr Doktor« bäumte sich auf, wohl in unermesslicher Erwartung dessen, was da kommen sollte. Sie trat neben mich und griff den Stab des Ultraschalls. Dann sagte sie zu ihm: »Ich glaube, sie waren sehr böse, nicht wahr?« Gepresst, denn meine Finger steckten immer noch in seinem Loch, stöhnte er, dass er sehr unartig war und dass es ihm leidtäte. Ich zog meine Finger aus ihm. Sein Arsch war so gedehnt, dass er offen blieb.

Die Schwester nahm das Gleitgel und spritzte in hohem Bogen direkt auf den Eingang seiner Schatzkammer.

Dann führte sie ihm den Stab langsam ein. Er presste ein lautes »Ahhhhh« aus seiner Kehle, als ich seinen steifen Prügel in meine Hände nahm. Meine Faust umschloss ihn fest, und während die andere ihn mit dem Stiel fickte, wichste ich seinen Schwanz, so hart ich nur konnte. Er schnaubte und presste die Luft aus seinem vor Erregung angespannten Körper. Und dann spürte ich es in seinem Schlauch pulsieren. Mit einem lauten, befreienden Schrei schleuderte es sein weißes Gold aus seinem Rohr. In mehreren Schüben befreite er sich von seiner angestauten Geilheit, dann sank er in sich zusammen.

Die Schwester zog das Plastik aus seinem Tor, und wir lächelten uns an. Ich schlüpfte schnell in meine Sachen und huschte dann mit ihr aus dem Zimmer. Er blieb liegen.

Einige Wochen später holte ich ein Rezept aus der Praxis ab. Er war nicht da. Als ich auf die Straße trat und in meine Manteltasche griff, fand ich einen Zettel.

»Vertrete Herrn Doktor Müller, Luisenstraße 13. Gez. Ihr ergebener Diener.«

Die Perlenkette

Ich stand am Fenster meines Schlafzimmers und blickte hinaus in die neue Umgebung. Endlich hatte ich die vielen Kartons ausgepackt und mich einigermaßen gemütlich in dem möblierten Zimmer eingerichtet, das ich ab jetzt bewohnte. Neue Stadt, neues Glück hieß die Devise – und damit der Umbruch in meinem Leben auch fühlbar war, trennten mich von nun an knapp sechshundert Kilometer von meiner Heimatstadt.

Ich drehte mich von der neuen Umgebung draußen weg und ließ den Blick über meine bekannten Sachen schweifen, die dem Apartment eine persönliche Note verliehen. Noch standen die Schminkutensilien ordentlich aufgereiht auf der nostalgischen Kommode, die ich spontan zu meinem Frisiertisch auserkoren hatte. Bald würden hier Nagellacke, Lippenstifte und was frau sonst alles braucht wild durcheinanderfliegen.

Neben dem Spiegel stand eine knallrot lackierte Gipsbüste, die ich irgendwann einmal selbst modelliert hatte und die mich überallhin begleitete. Manchmal zog ich ihr meine BHs an, manchmal ein Collier oder eine Kette. Jetzt war sie nackt bis auf eine Perlenkette. *Die* Perlenkette …

Mein Blick blieb an ihr hängen, und ich verspürte eine heftige Sehnsucht nach Lena. Was hatten wir nicht alles mit dieser Perlenkette angestellt …

Meine Gedanken schweiften ab. Lena war zwei Wochen vor meinem Umzug in der Stadt aufgetaucht. Sie war frech, wild und unglaublich sexy.

Wir begegneten uns in den frühen Morgenstunden in einer Bar, ich war ziemlich angeheitert. Aus zunächst halb spaßiger Experimentierfreude hatte sich eine kurze, aber heftige Affäre entwickelt. Obwohl ich wusste, dass diese Beziehung niemals dauerhaft sein konnte, dass sie viel zu schnell ihren Reiz verloren hatte und ein schmerzliches Ende vorprogrammiert gewesen war, wünschte ich mir jetzt, als ich die Perlenkette sah, Lena wäre wieder bei mir. Ich sehnte mich nach ihrer zarten weichen Haut, ihren sanften Berührungen, ihren leidenschaftlichen Küssen.

Ich nahm die Kette von der Büste, ließ sie durch meine Hand gleiten und legte sie um meinen Hals. Genau so war es gewesen, als ich die Kette am Morgen nach der ersten Nacht mit Lena anlegte. Ich war noch völlig verwirrt davon gewesen, mit einer Frau zu schlafen, und wusste nicht, ob ich mein Schwindelgefühl diesem Erlebnis oder dem Alkohol zuzuschreiben hatte.

Während ich die Kette schloss, sah ich Lenas Lächeln im Spiegel über meiner Schulter, sie nahm die Schließe in ihre kleinen Hände und küsste mich auf den Hals. In Erinnerung an den Schauer, der mir dabei über den Rücken lief, legte ich mich nun aufs Bett und schloss die Augen. Lena hatte mir die Kleidungsstücke, die ich gerade angelegt hatte, schnell wieder ausgezogen und bedeckte meinen Körper mit vielen kleinen Küssen.

Ich konnte nicht widerstehen, drehte mich um und küsste sie leidenschaftlich auf den Mund, presste meinen Körper fest an ihren und streichelte dabei ihre wunderschönen runden Pobacken. Auch jetzt, als ich zurückdachte, ergriff mich eine ungeheure Erregung. Ich ließ mich aufs Bett fallen, schloss die Augen und legte meine Bluse ab. Was hatte Lena immer mit meinen Brüsten gemacht? Sie hatte sie erst sanft mit ihren Händen gestreichelt, meine Nippel geküsst und daran gesaugt und dann ... hatte sie meine Perlenkette geöffnet, sie an einem Ende gefasst und sie langsam wie eine Schlange über meinen Körper gezogen.

Auch jetzt öffnete ich die Kettenschließe, ließ die warmen Perlen über meinen Hals gleiten und zeichnete eine große Acht um meine prallen Brüste. Ich stellte mir vor, Lena wäre wieder hier und würde mich liebkosen. Mir wurde heißer und heißer, als ich mein Höschen ein Stück herunterzog und mir vorstellte, Lena zöge die Perlen über meine Brüste, meinen Bauch und ...

Halt. So schnell war sie nicht. Bevor sie mich geleckt hatte, hatte ich ihre dunklen langen Haare gespürt, die sich wärmend um meine Brüste legten. Sie war mit ihren Fingern die Innenseite meiner Oberschenkel entlanggefahren, ohne meine geheime Pforte auch nur zu berühren. Fast spürte ich wieder, wie Lena sanft auf meine feuchte Krone gehaucht hatte.

Langsam streichelte ich selbst meine Schenkel-Innenseiten, wurde immer feuchter und heißer und kam doch nicht einmal in die Nähe meiner Pussy. Ein anderes Bild drängte sich in den Vordergrund meiner Gedanken. Lena, die über mir kniete und das Kettenende in ihrem Bauchnabel festhielt, während ich das andere im Mund hatte und die Perlen langsam über ihre Knospe zog. Die Perspektive war atemberaubend. Direkt vor mir Lenas rosa Vagina, dahinter die scheinbar endlose Reihe weißer Perlen und *da*hinter schließlich die kleinen wippenden Brüste. Ich hatte sie geleckt, während ich mich an ihrem Po festhielt, und war von ihrem Stöhnen so erregt worden, dass ich selbst sofort kam, als bei einer kleinen Bewegung der Rand eines Seidenkissens an meinen Lustknopf stieß. Jetzt, allein auf meinem Bett, hatte ich die Decke zwischen meinen Schenkeln liegen, aber sie endete knapp über dem Knie. Ich presste meine Schenkel zusammen, während ich die Kette nahm und über mein Gesicht legte.

Meine Arme lagen angewinkelt neben dem Kopf, so dass ich die Kette bequem festhalten konnte, während ich sie über meine geschlossenen Augen und über meinen offenen Mund rollte. Die Perlen waren warm und klein, aber schwer. Ich umspielte sie mit der Zunge und dachte an den Orgasmus, den Lena mir bereitet hatte, als sie meine Arme über meinem

Kopf festhielt, mich heftig küsste und ihren eingeölten Oberschenkel langsam zwischen meinen Beinen auf und ab bewegte.

Es fiel mir jetzt immer schwerer, meine Finger von mir zu lassen. Mein Atem ging schnell, als ich die Perlenkette an einem Ende griff und langsam über meinen Körper nach unten gleiten ließ. Auch hierbei versuchte ich wieder, mir ein Bild von Lena in Erinnerung zu rufen, wie sie nach scheinbar unerträglich langem Hinauszögern endlich ihre Hand zwischen meine Beine legte, einen Finger in meine nasse Pflaume steckte oder mich mit ihrer flinken kleinen Zunge leckte, bis ich am ganzen Körper zitterte.

Sie hatte mir auch gerne die Perlen vom Nabel bis in die Pofalte gelegt, um mit ihrer Zunge immer wieder einen Weg daran vorbei in mich hinein zu finden. Jetzt fehlten mir ihre Zunge, ihr heißer Atem und ihre geübten Finger.

Aber mir blieb die Perlenkette. Ich zog sie langsam über meinen Bauch, konzentrierte mich auf jedes einzelne Glied und genoss die schlängelnden Bewegungen auf meiner Haut. Sobald ich eine Perle an meiner Klitoris spürte, stöhnte ich laut auf. Immer wieder ließ ich die Kette gegen meine empfindlichste Stelle pendeln. Ich drehte meinen Kopf auf die Seite, streckte meine Beine nach oben und legte einen Fuß über den anderen, bevor ich die Kette langsam an meiner Pussy hin- und herzog.

Die Perlen fühlten sich heiß an, klopften der Reihe nach sanft gegen meine Knospe und glitten ein Stück in mich hinein, wenn ich ein Ende losließ. Ich dachte an die leidenschaftlichen Küsse zwischen Lena und mir, wenn wir eng aneinandergeschmiegt im Bett lagen, und presste meine Beine fester aneinander, die Perlenkette dazwischen gefangen.

Es überkam mich mit einer Heftigkeit, die ich zuvor allein noch nie erlebt hatte. Ich fühlte glückliche Erschöpfung, gab mich den Zuckungen meiner nassen, prallen Pussy hin und hielt die Perlenkette fest in der Hand.

So erfüllend diese Solonummer auch gewesen war, so wusste ich doch gleichzeitig um ihre Einzigartigkeit. Der Reiz der Perlenkette lag in der noch frischen Erinnerung an Lena. Diese leidenschaftliche Affäre war unwiderruflich vorbei, auch wenn ich sie nie vergessen würde.

Meine Angst, das Neue werde auf Dauer langweilig, übertrug sich auf die Kette in meiner Hand. Das war gerade eine kurze Traumreise in die Vergangenheit. Ab sofort sollte sich mein Blick jedoch in die Zukunft richten.

Ich bekam ein schlechtes Gewissen Lena gegenüber. Der Abschied war kurz – eigentlich war es gar kein richtiger Abschied gewesen. Wir hatten zwar gewusst, dass das Abendessen am Donnerstag unsere definitiv letzte Begegnung war, es aber nicht ausgesprochen. Meine neue Adresse hatte ich ihr ebenso wenig mitgeteilt wie meine Telefonnummer.

Es war eigentlich gemein von mir, ihr gegenüber so rücksichtslos gewesen zu sein. Mir kam eine Idee.

Ich stand vom Bett auf und kramte in der Kommodenschublade nach einem Karton. Dann nahm ich die Kette, legte sie hinein und schrieb einen kurzen Brief dazu.

»Liebe Lena, die Perlen sollen dich immer an unsere wundervolle Zeit erinnern. Ich werde dich nie vergessen. Deine Annemarie.«

Das Paket brachte ich zur Post und schickte meine letzten wehmütigen Erinnerungen weit von mir weg.

Das perfekte erste Mal

Ich freute mich schon auf den Ausflug mit meiner Clique. Besonders weil mein Schwarm, der wahnsinnig gutaussehende Ben dabei sein sollte. Er hatte schwarze Haare und grüne Augen und abgesehen von seinem Traumkörper auch noch ein liebes, aber auch leicht einnehmendes Wesen. Vielleicht war es etwas ungewöhnlich oder altmodisch, aber ich stand auf innere Werte. Nicht im übertriebenen Maße, doch mit selbstgerechten oder dummen Menschen gab ich mich ungern ab, wenn es um zwischenmenschliche Dinge ging. Mit anderen Worten: Ich vögelte nicht alles, was mir vor die Flinte kam. Ganz im Gegenteil: bis dato hatte ich noch gar nicht gevögelt. Ich glaube, es liegt daran, dass ich versuche, die Menschen näher, tiefer kennenzulernen. Meine Freundin Laura meint, dass ich zu wählerisch sei und nur deshalb noch Jungfrau. Weil ich zu viel reden und zu wenig fummeln und knutschen würde. Nun gut, ich würde mich nicht gerade als prüde bezeichnen, aber was ist denn so schlimm daran, *alles* zu wollen? Ich meine damit nicht die große Liebe, sondern … Nun ja, den perfekten Mann für das perfekte erste Mal. Wenn

Laura wüsste, dass ich sehr wohl meine Erfahrungen gemacht hatte, eben nur noch niemanden vollkommen ranlassen wollte, wenn er meinen hohen Ansprüchen nicht genügte. Während ich meinen verträumten Gedanken nachhing, überholte uns plötzlich der zweite Landrover, mit dem wir auf dem Weg in die Berge waren, um uns von dem Stress der Uni zu erholen und die freie Zeit richtig zu genießen. Und mit an Bord: Ben, der mir verheißungsvoll zuwinkte.

Nach der Ankunft bauten wir schnell die Zelte auf, zogen uns um und wechselten damit offiziell von »elitär« auf »leger«, oder sollte ich, was Laura anging, eher sagen »frivol«. Wo sie diese Fetzen immer auftrieb, wusste kein Mensch, aber sie behauptete steif und fest, es handele sich dabei in der Tat um einen Bikini. Ich hatte auch ein solches Kleidungsstück gewählt, doch mit dem von Laura hatte es nur den Namen gemein! Meine Taktik, um den *einen* zu bekommen, hieß Stil. Und so zeigte der Stoff genug von meinem Körper, ließ aber noch Spielraum für Phantasien. Phantasien, die ich damit möglichst in Ben wecken wollte. Während sich unsere wilde Truppe von Studenten in den See stürzte, zog ich es vor, an einer seichteren Stelle hineinzugehen und mich langsam an das Wasser zu gewöhnen. Außerdem konnte ich von hier aus Ben besser beobachten. Ihn und seine pralle Hose. Hatte ich nicht eben noch gesagt, ich lege Wert auf innere Werte? Oh ja, das tat ich wohl und genoss es gleichwohl umso mehr, wenn diese perfekt zu den *äußeren* passten. Ich schwamm in Richtung des

Badepontons, der mitten auf dem See trieb, kletterte hinauf und legte mich auf den Rücken, um mich von der Sonne trocknen zu lassen. Mit geschlossenen Augen vernahm ich ein Geräusch aus dem Wasser, als wenn sich ein Körper aus diesem die Leiter hinauf auf mich zubewegte. Und schon landeten die ersten kühlen Tropfen auf meinem Körper. Glücklicherweise perlten sie von *ihm* ab. Von Ben. Die Sonne hatte sich schon gen Horizont geneigt, und ich hoffte, dass nun mit Anbruch der Nacht einer meiner Tagträume wahr werden würde. Ben nahm mein Gesicht in seine Hände. Sanft schob sich seine Zunge zwischen meine Lippen. Diese Küsse hatte ich schon zur Genüge auf den letzten Studenten-Feten gespürt. Diesmal wollte ich aufs Ganze gehen. Ich hatte mich nun lange genug davon überzeugt, dass er der richtige Mann für das war, was ich wollte. Ich genoss es, von ihm berührt zu werden, genoss, wie er langsam mein Bikinioberteil abstreifte und dabei so vorsichtig war, als ob er es mit einem Wesen aus Glas zu tun hätte. Ich mochte diese Art von Respekt, die er mir damit entgegenbrachte, doch meine Hände umfassten nun forscher seinen Hintern, damit er auch merkte, dass es diesmal mehr als nur eine seichte Fummelei werden sollte. Er schien sofort zu verstehen, denn nun senkte sich sein Kopf in Richtung meiner Nippel, und er saugte voller Genuss, bis sie aufrecht und steif standen. Ein Schauer lief mir über den Rücken, als er sie leicht anblies, um die Härte zu verstärken. Ich stöhnte auf, und mein Körper, der ausgestreckt auf dem Boden gelegen hatte, bäumte sich nun leicht ihm entgegen. Bens Küsse bedeckten inzwischen meinen warmen, weichen Bauch, und er glitt mit seiner Zunge spielerisch in meinen Nabel. Eine meiner erogensten Zonen! Ich spürte, wie ich langsam feuchter wurde, und seine Hand, die in meinen Slip geglitten war, bemerkte dies wohl auch. Da ich ihn nicht davon abhielt, zog er mir das untere Badeteil nun auch noch aus, so dass ich endlich vollkommen entblößt vor ihm lag. Was er sah, schien ihm zu gefallen. Ich spürte an meinem Bein seine Erregung, die er noch in der Hose hielt, doch ich freute mich schon sehr, diese pralle Latte endlich in meinem Schoß aufnehmen zu können. Nun widmete er sich meiner Spalte. Nie hatte ich so intensiv gespürt, wie scheinbar mein ganzes Blut in diese Lippen lief, als er anfing, sanft an ihnen zu knabbern und zu lecken. Sie mussten nun rot, prall und pulsierend vor ihm liegen. Mit seiner Zunge glitt er um meine Perle, um dann plötzlich und unvermittelt an ihr zu saugen. Er brachte meinen Körper jetzt schon so ungemein zum Beben, dass ich es kaum erwarten konnte, endlich richtig von ihm genommen zu werden. Fordernd nahm ich seinen Kopf in meine Hände und zog ihm zu mir hoch, um ihm mit einem wilden, feuchten Kuss klarzumachen, wozu ich nun bereit war. Er streifte sich seine Badehose endlich ab, und was ich nun in voller Größe zunächst noch an meinem Oberschenkel spürte, ließ die Vorfreude gänzlich aus mir herausstrahlen. Genau diesen mächtigen Stab wollte ich endlich in mir spüren. Vorsichtig rieb er seine Eichel an meinem Schlitz, doch meine Lippen waren schon so gespannt auf das Neue, was da eindringen sollte, dass sie sich nur für ihn öffneten und ihn endlich aufnahmen. Er stöhnte wohl wegen meiner Enge genussvoll auf, und endlich begann er, sich auf und ab zu bewegen. Das war es, was ich wollte. Seine pulsierende Größe in mir spüren. Er presste meinen Körper so nah an seinen, dass auch mein Kitzler schön gerieben wurde. Meine Atmung wurde immer schwerer, und auch Ben keuchte nun schon fast ekstatisch. Und trotz meiner fehlenden Praxiserfahrung wusste ich in der Theorie sehr genau, was ich wollte, und so rollte ich mich herum, um mich auf ihn draufzusetzen. Ben schaute erstaunt zu mir herauf, während ich seine Rute erst aus mir herauszog, um mich ihr dann langsam wieder zu nähern. Ich nahm nur seine Eichel mit meinem feuchten, engen Spalt auf, und bewegte mich mit kleinen Bewegungen auf und ab. Das schien ihn wahnsinnig zu machen, denn nach einer kurzen Weile blickte er mich aus wilden Augen an und zog mich abprupt zu sich herunter, so dass sein Ständer tief in mich stieß und wohlige Wonnen der Lust meinen Körper sofort durchströmten und ihn elektrisierten. Ich wollte ihn unbedingt ein wenig reiten, doch schon nach ein paar kurzen Bewegungen meines Beckens hielt er mich fest, wie um mir zu sagen, dass er gleich endlich seinen Saft in mich hineinspritzen würde. Um diesen Moment, den ich herbeigesehnt hatte, nicht zu unterbrechen, rollte ich meine Hüften noch einige Male weiter, und im nächsten Moment spürte ich, wie es in mich schoss, während er einen lauten, lustvollen Schrei nicht unterdrücken konnte. Erschöpft sank ich auf seinen schweißnassen Körper. Das war das perfekte erste Mal gewesen, dachte ich. Er drückte mich sanft und strich mit seinen Fingern über meinen Rücken, als habe er meine Gedanken gelesen.

Dieses Wochenende werde ich immer in guter Erinnerung behalten. Dass letztendlich kein Paar aus uns geworden ist, war dabei nicht weiter schlimm. Ben wechselte kurze Zeit später die Uni, und wir stehen seitdem in lockerem Kontakt. In ein paar Wochen will er mich besuchen, und ich freue mich schon, ihm zeigen zu können, was für eine fleißige Studentin ich war und was ich in der Zwischenzeit alles gelernt habe.

Samantha Young

DUBLIN STREET

Gefährliche Sehnsucht

Der Mega-Bestseller

ISBN 978-3-548-28567-2

Jocelyn Butler ist jung, sexy und allein. Seit sie ihre gesamte Familie bei einem Unfall verloren hat, vertraut sie niemandem mehr. Braden Carmichael weiß, was er will und wie er es bekommt. Doch diesmal hat der attraktive Schotte ein Problem: Die kratzbürstige Jocelyn treibt ihn mit ihren Geheimnissen in den Wahnsinn. Zusammen sind sie wie Streichholz und Benzinkanister. Hochexplosiv. Bis zu dem Tag, als Braden mehr will als eine Affäre und Jocelyn sich entscheiden muss, ob sie jemals wieder ihr Herz verschenken kann.

Auch als ebook erhältlich
e-book

www.ullstein-buchverlage.de

ullstein

UB690

Jetzt reinklicken!

„*Sind* **Sie** auch
Vielleser,
Bücher**fan** *oder*
*Hobby*rezensent?“

„Dann **lesen**,
kommentieren und
schreiben **Sie** mit auf
vorablesen.de!“

Jede Woche vorab in brandaktuelle Top-Titel reinlesen, Leseeindruck verfassen, Kritiker werden und eins von 100 Vorab-Exemplaren gewinnen.

vorablesen
Neue Bücher vorab lesen & rezensieren